Anaïs Nin:
Haus des Inzests
House of Incest

Deutsch von Manfred Ohl und Hans Sartorius
Mit einem Nachwort von Gunther Stuhlmann

Deutscher
Taschenbuch
Verlag

dtv

Von Anaïs Nin
sind im Deutschen Taschenbuch Verlag erschienen:
Die Tagebücher der Anaïs Nin. 1931–1934 (759)
Die Tagebücher der Anaïs Nin. 1934–1939 (858)
Die Tagebücher der Anaïs Nin. 1939–1944 (981)
Die Tagebücher der Anaïs Nin. 1944–1947 (10569)
Ein Spion im Haus der Liebe (10174)

Zweisprachige Ausgabe
Juni 1987
Deutscher Taschenbuch Verlag GmbH & Co. KG,
München
Lizenzausgabe mit freundlicher Genehmigung der
Nymphenburger Verlagshandlung, München

ISBN 3-485-00477-4
Umschlaggestaltung: Celestino Piatti
Gesamtherstellung: C.H. Beck'sche Buchdruckerei,
Nördlingen
Printed in Germany · ISBN 3-423-10757-X

Das Buch

Die Grenzen zwischen Leben und Traum, zwischen Verletzung und Freude, zwischen Grausamkeit und Schönheit verschwimmen in den schwebenden Bildern dieser poetischen Prosa. Auf Wegen, die in die Tiefe der Seele führen, begegnen wir der klugen und schönen Anaïs Nin und manchen der Gestalten aus ihren Tagebüchern. So etwa Sabina, die eigentlich Henry Millers Ehefrau June ist und von der Anaïs Nin fasziniert war, oder dem Vater, dessen Rolle in ihrem Leben sie ebenfalls in den Tagebüchern dargestellt hat. Oder Jeanne mit den großen Augen und dem entschlossenen Mund; das ist Louise de Vilmorin, die lacht und sagt: Ich liebe meinen Bruder. Da jeder im anderen sich selbst liebt, ist alle Liebe inzestuös, diese Erkenntnis erlebt Anaïs Nin in Visionen von höchster Intensität der Sprache und des Empfindens. Sie war mit diesem surrealistischen Prosawerk, das 1936 zum erstenmal erschien, ihrer Zeit voraus. Die vorliegende zweisprachige Ausgabe gibt Gelegenheit, auch die sprachliche Kraft des Originals in vollem Maße zu erfassen.

Die Autorin

Anaïs Nin wurde am 21. Februar 1903 in Paris als Tochter eines spanischen Komponisten und einer französisch-dänischen Sängerin geboren. Von Jugend an stand sie im künstlerischen und literarischen Leben. Sie arbeitete zeitweilig als Malermodell und Mannequin. Zu ihrem Freundeskreis gehörten u.a. Henry Miller, Antonin Artaud und Otto Rank. Der Einfluß der Psychoanalyse kommt in all ihren Werken zum Ausdruck. Seit 1940 lebte Anaïs Nin in den USA, sie starb am 14. Januar 1977 in Los Angeles.

Haus des Inzests
House of Incest

All that I know is contained
in this book written without
witness, an edifice without
dimension, a city hanging
in the sky.

Alles, was ich weiss, ist in diesem
Buch enthalten. Niemand sah
mich es schreiben,
es ist ein Gebilde ohne
Dimensionen, eine Stadt,
die am Himmel hängt.

The morning I got up to begin this book I coughed. Something was coming out of my throat: it was strangling me. I broke the thread which held it and yanked it out. I went back to bed and said: I have just spat out my heart.

There is an instrument called the quena made of human bones. It owes its origin to the worship of an Indian for his mistress. When she died he made a flute out of her bones. The quena has a more penetrating, more haunting sound than the ordinary flute.

Those who write know the process. I thought of it as I was spitting out my heart.

Only I do not wait for my love to die.

An dem Morgen, an dem ich aufstand, um dieses Buch zu schreiben, mußte ich husten. Etwas saß mir in der Kehle: Es drohte, mich zu ersticken. Ich zerriß den Faden, an dem es hing, und würgte es heraus. Ich legte mich wieder ins Bett und sagte: Gerade habe ich mein Herz ausgespuckt.

Es gibt ein Musikinstrument, die Quena, das aus Menschenknochen geschnitzt wird. Seine Entstehung verdankt es der Anbetung eines Indios für seine Geliebte. Als sie starb, schnitzte er aus ihren Knochen eine Flöte. Die Töne der Quena sind eindringlicher und wehmütiger als die einer gewöhnlichen Flöte.

Wer schreibt, kennt diesen Vorgang. Ich mußte daran denken, als ich mein Herz ausspie.

Nur warte ich nicht darauf, daß meine Liebe stirbt.

My first vision of earth was water veiled. I am of the race of men and women who see all things through this curtain of sea, and my eyes are the color of water.

I looked with chameleon eyes upon the changing face of the world, looked with anonymous vision upon my uncompleted self.

I remember my first birth in water. All round me a sulphurous transparency and my bones move as if made of rubber. I sway and float, stand on boneless toes listening for distant sounds, sounds beyond the reach of human ears, see things beyond the reach of human eyes. Born full of memories of the bells of the Atlantide. Always listening for lost sounds and searching for lost colors, standing forever on the threshold like one troubled with memories, and walking with a swimming stride. I cut the air with wide-slicing fins, and swim through wall-less rooms. Ejected from a paradise of soundlessness, cathedrals wavering at the passage of a body, like soundless music.

This Atlantide could be found again only at night, by the route of the dream. As soon as sleep covered the rigid new city, the rigidity of the new world, the heaviest portals slid open on smooth-oiled gongs and one entered the voicelessness of the dream. The terror and joy of murders accomplished in silence, in the silence of slidings and brushings. The blanket of water lying over all things stifling the voice. Only a monster brought me up on the surface by accident.

Mein erster Eindruck von der Erde war ein Schleier aus Wasser. Ich gehöre zu den Männern und Frauen, die alles durch diesen Vorhang des Meeres sehen, und meine Augen haben die Farbe des Wassers.

Mit Chamäleonaugen betrachtete ich das sich wandelnde Gesicht der Welt. Ich sah in einer vagen Vision mein unfertiges Ich.

Ich erinnere mich an meine erste Geburt im Wasser. Mich umgibt eine schweflige Transparenz, und meine Knochen bewegen sich, als seien sie aus Gummi. Ich wiege mich und treibe dahin. Ich stehe auf knochenlosen Zehenspitzen und versuche, ferne Töne zu hören – Töne, die das menschliche Ohr nicht mehr wahrnimmt, ich sehe Dinge, die das menschliche Auge nicht mehr sieht. Ich wurde mit Erinnerungen an die Glocken von Atlantis geboren. Immer horche ich auf verlorene Töne, suche nach entschwundenen Farben; wie jemand, den Erinnerungen quälen, stehe ich immer auf der Schwelle. Ich gehe mit schwimmenden Schritten dahin. Ich zerteile die Luft mit scharfen, schneidenden Flossen und schwimme durch Räume ohne Mauern. Ich wurde aus einem Paradies der Klanglosigkeit vertrieben, in dem die Kathedralen beim Vorübergleiten eines Körpers wie lautlose Musik erzitterten.

Dieses Atlantis konnte nur in der Nacht auf den Pfaden des Traums wiedergefunden werden. Sobald Schlaf die harte, neue Stadt, die Härte der neuen Welt verhüllte, öffneten sich selbst die schwersten Portale unter weichen Schlägen sanfter Gongs, und man trat in die lautlose Landschaft des Traums, dort wo Schrecken und Freude herrschten über Morde, die schweigend begangen wurden, in der Stille des Schwebens und der sanften Berührung. Die Decke aus Wasser, die über allem lag, erstickte jede Stimme. Nur durch Zufall brachte ein Ungeheuer mich an die Oberfläche.

Lost in the colors of the Atlantide, the colors running into one another without frontiers. Fishes made of velvet, of organdie with lace fangs, made of spangled taffeta, of silks and feathers and whiskers, with lacquered flanks and rock crystal eyes, fishes of withered leather with gooseberry eyes, eyes like the white of egg. Flowers palpitating on stalks like sea-hearts. None of them feeling their own weight, the sea-horse moving like a feather . . .

It was like yawning. I loved the ease and the blindness and the suave voyages on the water bearing one through obstacles. The water was there to bear one like a giant bosom; there was always the water to rest on, and the water transmitted the lives and the loves, the words and the thoughts.

Far beneath the level of storms I slept. I moved within color and music as inside a sea-diamond. There were no currents of thoughts, only the caress of flow and desire mingling, touching, travelling, withdrawing, wandering–the endless bottoms of peace.

I do not remember being cold there, nor warm. No pain of cold and heat. The temperature of sleep, feverless and chilless. I do not remember being hungry. Food seeped through invisible pores. I do not remember weeping.

I felt only the caress of moving–moving into the body of another–absorbed and lost within the flesh of another, lulled by the rhythm of water, the slow palpitation of the senses, the movement of silk.

Ich verlor mich in den Farben von Atlantis, in Farben, die sich vermischten und ineinanderflossen. Fische aus Samt, aus Organdy, mit Flossen aus Spitze, Fische aus schimmerndem Taft, aus Seide, mit Federn und Schnurrhaaren, mit lackierten Flanken und Bergkristallaugen, Fische aus runzligem Leder mit Stachelbeeraugen, mit Augen wie das Weiße im Ei. Blüten pulsierten auf ihren Stengeln wie Seeherzen. Alles war schwerelos. Das Seepferd schwebte wie eine Feder ...

Es war wie ein Gähnen. Ich liebte die Leichtigkeit und die Blindheit und das angenehme Reisen auf dem Wasser, das mich über alle Hindernisse hinwegtrug. Das Wasser trug den Körper wie eine riesige Brust. Immer war das Wasser da, auf dem man ruhen konnte; und das Wasser brachte das Leben und die Liebe, die Worte und die Gedanken.

Ich schlief tief unter dem Reich der Stürme. Ich bewegte mich wie im Innern eines Seediamanten, in Farbe und Musik. Dort gab es keine Gedankenströme, nur das zärtliche Streicheln von Fließen und Begehren, das sich vermischt, berührt, dahinzieht, sich entfernt und wandert – die unauslotbaren Gründe des Friedens.

Ich erinnere mich nicht, ob es dort kalt war oder warm. Es gab keinen Schmerz von Kälte oder Hitze. Es herrschte die Wärme des Schlafs, fieberlos, kältelos. Ich erinnere mich nicht an Hunger. Nahrung drang durch unsichtbare Poren. Ich erinnere mich nicht an Tränen.

Ich empfand nur die Zärtlichkeit der Bewegungen – das Hineingleiten in einen anderen Körper – aufgenommen und verloren im Körper eines anderen, gewiegt vom Rhythmus des Wassers, dem langsamen Pulsieren der Sinne und dem Fließen von Seide.

Loving without knowingness, moving without effort, in the soft current of water and desire, breathing in an ecstasy of dissolution.

I awoke at dawn, thrown up on a rock, the skeleton of a ship choked in its own sails.

Liebe ohne Wissen, bewegen ohne Anstrengung, im sanften Strömen von Wasser und Begierde, atmen in einer Ekstase der Auflösung.

Ich erwachte im Morgengrauen, auf einen Felsen geworfen, wie das Wrack eines Schiffes, das die eigenen Segel erdrosselt hatten.

The night surrounded me, a photograph unglued from its frame. The lining of a coat ripped open like the two shells of an oyster. The day and night unglued, and I falling in between not knowing on which layer I was resting, whether it was the cold grey upper leaf of dawn, or the dark layer of night.

Sabina's face was suspended in the darkness of the garden. From the eyes a simoun wind shrivelled the leaves and turned the earth over; all things which had run a vertical course now turned in circles, round the face, around HER face. She stared with such an ancient stare, heavy luxuriant centuries flickering in deep processions. From her nacreous skin perfumes spiralled like incense. Every gesture she made quickened the rhythm of the blood and aroused a beat chant like the beat of the heart of the desert, a chant which was the sound of her feet treading down into the blood the imprint of her face.

A voice that had traversed the centuries, so heavy it broke what it touched, so heavy I feared it would ring in me with eternal resonance; a voice rusty with the sound of curses and the hoarse cries that issue from the delta in the last paroxysm of orgasm.

Her black cape hung like black hair from her shoulders, half-draped, half-floating around her body. The web of her dress moving always a moment before she moved, as if aware of her impulses, and stirring long after she was still, like waves ebbing back to the sea. Her sleeves dropped like a sigh and the hem of her dress danced round her feet.

Die Nacht umgab mich wie eine Fotografie, die sich aus dem Rahmen gelöst hat. Wie das Futter eines Mantels, aufgerissen wie die Schalen einer Auster. Tag und Nacht lösten sich voneinander, und ich fiel dazwischen, ohne zu wissen, wo ich mich befand. Lag ich auf dem kalten, grauen Deckblatt der Morgendämmerung oder in der dunklen Schale der Nacht?

Sabinas Gesicht löste sich aus der Dunkelheit des Gartens: Ihren Augen entsprang ein heißer Wüstenwind, der die Blätter welken ließ und die Erde aus dem Gleichgewicht brachte. Alles, was bisher nach oben strebte, drehte sich nun in Kreisen, drehte sich um das Gesicht, um IHR Gesicht. Ihr unbeweglicher Blick war alt und schwer von reichen, versunkenen Jahrhunderten, die in Prozessionen aufflackerten. Ihrer Perlmutthaut entströmten Parfums; sie stiegen wie Weihrauch empor. Jede ihrer Gesten ließ das Blut schneller pulsieren, erweckte einen Trommelgesang, den Herzschlag der Wüste, ein Lied, das ihre Füße stampften, die dem Blut den Abdruck ihres Gesichts einhämmerten.

Eine Stimme, die die Jahrhunderte durchmessen hatte. Sie war so schwer, daß alles zerbrach, was sie berührte; so schwer, daß ich fürchtete, sie würde ewig in mir widerhallen, eine Stimme, heiser vom Klang der Flüche und den rauhen Schreien, die dem Delta auf dem Höhepunkt des Orgasmus entströmen.

Das schwarze Cape hing ihr wie schwarzes Haar um die Schultern, halb drapiert und halb ihren Körper umfließend. Das Gewebe ihres Kleides bewegte sich stets einen Moment früher, als sie selbst sich bewegte; es schien ihre impulsiven Absichten zu ahnen, und lange danach wogte es noch immer wie Wellen, die zurück ins Meer fluten. Die Ärmel fielen wie Seufzer herab, und der Saum des Kleides tanzte um ihre Füße.

The steel necklace on her throat flashed like summer lightning and the sound of the steel was like the clashing of swords ... Le pas d'acier ... The steel of New York's skeleton buried in granite, buried standing up. Le pas d'acier ... Notes hammered on the steel-stringed guitars of the gypsies, on the steel arms of chairs dulled with her breath; steel mail curtains falling like the flail of hail, steel bars and steel barrage cracking. Her necklace thrown around the world's neck, unmeltable. She carried it like a trophy wrung of groaning machinery, to match the inhuman rhythm of her march.

The leaf fall of her words, the stained glass hues of her moods, the rust in her voice, the smoke in her mouth, her breath on my vision like human breath blinding a mirror.

Talk–half-talk, phrases that had no need to be finished, abstractions, Chinese bells played on with cotton-tipped sticks, mock orange blossoms painted on porcelain. The muffled, close, half-talk of soft-fleshed women. The men she had embraced, and the women, all washing against the resonance of my memory. Sound within sound, scene within scene, woman within woman–like acid revealing an invisible script. One woman within another eternally, in a far-reaching procession, shattering my mind into fragments, into quarter tones which no orchestral baton can ever make whole again.

The luminous mask of her face, waxy, immobile, with eyes like sentinels. Watching my sybaritic walk, and I the sibilance of her tongue. Deep into each other we turned our harlot eyes. She was an idol in Byzance, an idol dancing with

Das stählerne Halsband an ihrer Kehle leuchtete wie der Blitz eines Sommergewitters und der Stahl klirrte wie Schwerter beim Kampf... Le pas d'acier... Das stählerne Skelett New Yorks, begraben unter Granit, aufrecht begraben. Le pas d'acier... Töne, auf den stählernen Saiten der Zigeunergitarren geschlagen, auf den stählernen Armen der Stühle gehämmert, die von ihrem Atem stumpf geworden waren. Stählerne Kettenglieder fielen wie Hagelschlag; Stahlgitter und Stahlsperren barsten. Ihr Halsband war unlösbar um den Hals der Welt geschmiedet. Sie trug es wie eine Trophäe, dem ächzenden Räderwerk von Maschinen entrissen im Einklang mit dem unmenschlichen Rhythmus ihrer Schritte.

Die fallenden Blätter ihrer Worte, die Buntglasschattierungen ihrer Stimmungen, der Rost ihrer Stimme, der Rauch ihres Mundes und ihr Atem legten sich auf meine Vision wie menschlicher Atem, der einen Spiegel beschlägt.

Gespräch – Worte, Sätze, die nicht zu Ende gesprochen werden müssen, Abstraktionen, chinesische Glöckchen mit wattierten Stäbchen gespielt, Jasminblüten auf Porzellan gemalt. Die gedämpften, intimen Worte von Frauen mit weichen Körpern. Die Männer, die sie umarmt hatte, und die Frauen erwecken einen Widerhall in meiner Erinnerung. Da ist ein Ton im Ton, eine Szene in der Szene, eine Frau in der Frau – wie Säure eine Geheimschrift lesbar macht. Immer wieder ist eine Frau in einer anderen, eine endlos zurückreichende Prozession, die meine Gedanken in Fragmente zersplittert, in Vierteltöne, die kein Dirigent je wieder zu einer Melodie zusammenfügen kann.

Die schimmernde Maske ihres Gesichts, wächsern und unbeweglich. Ihre Augen folgen wie Wächter meinem sybaritischen Gang, und ich lausche dem Zischen ihrer Zunge. Unsere wollüstigen Augen dringen tief ineinander ein. In By-

legs parted; and I wrote with pollen and honey. The soft secret yielding of woman I carved into men's brains with copper words; her image I tattooed in their eyes. They were consumed by the fever of their entrails, the indissoluble poison of legends. If the torrent failed to engulf them, or did they extricate themselves, I haunted their memory with the tale they wished to forget. All that was swift and malevolent in woman might be ruthlessly destroyed, but who would destroy the illusion on which I laid her to sleep each night? We lived in Byzance. Sabina and I, until our hearts bled from the precious stones on our foreheads, our bodies tired of the weight of brocades, our nostrils burned with the smoke of perfumes; and when we had passed into other centuries they enclosed us in copper frames. Men recognized her always: the same effulgent face, the same rust voice. And she and I, we recognized each other; I her face and she my legend.

Around my pulse she put a flat steel bracelet and my pulse beat as she willed, losing its human cadence, thumping like a savage in orgiastic frenzy. The lamentations of flutes, the double chant of wind through our slender bones, the cracking of our bones distantly remembered when on beds of down the worship we inspired turned to lust.

As we walked along, rockets burst from the street lamps; we swallowed the asphalt road with a jungle roar and the houses with their closed eyes and geranium eyelashes; swallowed the telegraph poles trembling with messages; swallowed stray cats, trees, hills, hedges, Sabina's labyrinthian smile on

zanz war sie ein Idol, das mit gespreizten Beinen tanzte, und ich schrieb mit Blütenstaub und Honig. Die sanfte, geheimnisvolle Unterwerfung der Frauen prägte ich mit kupfernen Worten in die Köpfe der Männer; ihr Bild tätowierte ich in ihre Augen. Sie wurden vom Fieber ihrer Eingeweide verzehrt, vom unauflöslichen Gift der Legenden. Wenn sie nicht entflammten, oder wenn sie sich befreiten, verfolgte ich ihre Erinnerung mit der Geschichte, die sie vergessen wollten. Alles Unbeständige, alles Boshafte der Frauen mochte unbarmherzig zerstört werden, aber wer konnte die Illusion zerstören, auf die ich sie Nacht für Nacht bettete? Sabina und ich, wir lebten in Byzanz, bis unsere Herzen von den kostbaren Steinen auf unserer Stirn zu bluten begannen, bis unsere Körper vom Gewicht der Brokate müde geworden, unsere Nasenflügel vom schweren Duft des Räucherwerks verbrannt waren. Und in späteren Jahrhunderten faßte man uns in Kupferrahmen. Männer erkannten sie sogleich: dasselbe strahlende Gesicht, dieselbe rauhe Stimme. Und sie und ich, wir erkannten uns: Ich erkannte ihr Gesicht und sie die Legende, die mich umgab.

Sie legte ein flaches stählernes Armband um mein Handgelenk, und mein Pulsschlag unterwarf sich ihrem Willen. Er verlor seinen menschlichen Rhythmus und hämmerte wild in orgiastischer Raserei. Das Klagen der Flöten, der Zwiegesang des Atems, der durch unsere zarten Knochen strich, das Knacken unserer Glieder weckten ferne Erinnerungen, wenn die Liebe, die wir entfachten, sich auf Daunenbetten in Lust verwandelte.

Während wir dahingingen, versprühten die Straßenlaternen ein Feuerwerk; mit einem Raubtiergebrüll verschlangen wir die asphaltierte Straße und die Häuser mit ihren geschlossenen Augen und den Geranienwimpern. Wir verschlangen die Telegrafenmasten, die unter den Botschaften erzitterten. Wir verschlangen streunende Katzen, Bäume, Hügel, Hecken

the keyhole. The door moaning, opening. Her smile closed. A nightingale disleafing melliferous honeysuckle. Honey-suckled. Fluted fingers. The house opened its green gate mouth and swallowed us. The bed was floating.

The record was scratched, the crooning broken. The pieces cut our feet. It was dawn and she was lost. I put back the houses on the road, aligned the telegraph poles along the river and the stray cats jumping across the road. I put back the hills. The road came out of my mouth like a velvet ribbon–it lay there serpentine. The houses opened their eyes. The keyhole had an ironic curve, like a question mark. The woman's mouth.

I was carrying her fetiches, her marionettes, her fortune teller's cards worn at the corners like the edge of a wave. The windows of the city were stained and splintered with rain-light and the blood she drew from me with each lie, each deception. Beneath the skin of her cheeks I saw ashes: would she die before we had joined in perfidious union? The eyes, the hands, the senses that only women have.

There is no mockery between women. One lies down at peace as on one's own breast.

Sabina was no longer embracing men and women. Within the fever of her restlessness the world was losing its human shape. She was losing the human power to fit body to body in human completeness. She was delimiting the horizons, sinking into planets without axis, losing her polarity and the divine knowledge of integration, of fusion. She was spreading herself like the night over the universe and found no god

und Sabinas unergründliches Lächeln am Schlüsselloch. Die Tür ächzte und öffnete sich. Ihr Lächeln erstarb. Eine Nachtigall entblätterte honigsüße Heckenkirschen. Mit Honig vollgesaugt. Flötenfinger. Das Haus öffnete sein grünes Tormaul und verschlang uns. Das Bett schwebte dahin.

Die Schallplatte war zerkratzt, das süße Lied zerrissen. Die Stücke zerschnitten unsere Füße. Der Morgen dämmerte, und sie war verloren. Ich stellte die Häuser zurück an die Straße, reihte die Telegrafenmasten am Fluß entlang und ließ die streunenden Katzen über die Straße springen. Ich brachte die Hügel zurück. Die Straße wand sich wie ein Samtband aus meinem Mund – dort lag sie zusammengerollt wie eine Schlange. Die Häuser öffneten ihre Augen, das Schlüsselloch machte einen ironischen Bogen wie ein Fragezeichen. Der Mund der Frau.

Ich trug ihre Fetische, ihre Marionetten, ihre Wahrsagerkarten, deren Ecken abgegriffen waren wie der Saum einer Welle. Regenlicht und das Blut, das sie mir mit jeder Lüge und jeder Täuschung entzog, befleckten und zersplitterten die Fenster der Stadt. Unter der Haut ihrer Wangen sah ich Asche. Würde sie sterben, bevor wir uns in heuchlerischer Vereinigung verbunden hatten? Augen, Hände und Sinne, wie nur Frauen sie haben.

Zwischen Frauen gibt es keine Heuchelei. Man legt sich in Frieden nieder wie an die eigene Brust.

Sabina umarmte keine Männer und Frauen mehr. Im Fieber ihrer Ruhelosigkeit verlor die Welt ihre menschliche Gestalt. Sabina verlor die Fähigkeit der Menschen, Körper mit Körper zu menschlicher Vollkommenheit zu verbinden. Sie begrenzte die Horizonte, versank in Planeten ohne Achse, verlor ihre Polarität und das göttliche Wissen um Ordnung und Vereinigung. Wie die Nacht breitete sie sich über die Welt

to lie with. The other half belonged to the sun, and she was at war with the sun and light. She would tolerate no bars of light on open books, no orchestration of ideas knitted by a single theme; she would not be covered by the sun, and half the universe belonged to him; she was turning her serpent back to that alone which might overshadow her own stature giving her the joy of fecundation.

Come away with me, Sabina, come to my island. Come to my island of red peppers sizzling over slow braseros, Moorish earthen jars catching the gold water, palm trees, wild cats fighting, at dawn a donkey sobbing, feet on coral reefs and sea-anemones, the body covered with long seaweeds, Melisande's hair hanging over the balcony at the Opera Comique, inexorable diamond sunlight, heavy nerveless hours in the violaceous shadows, ash-colored rocks and olive trees, lemon trees with lemons hung like lanterns at a garden party, bamboo shoots forever trembling, soft-sounding espandrilles, pomegranate spurting blood, a flute-like Moorish chant, long and insistent, of the ploughmen, trilling, swearing, trilling and cursing, dropping perspiration on the earth with the seeds.

Your beauty drowns me, drowns the core of me. When your beauty burns me I dissolve as I never dissolved before man. From all men I was different, and myself, but I see in you that part of me which is you. I feed you in me; I feel my own voice becoming heavier, as if I were drinking you in, every delicate thread of resemblance being soldered by fire and one no longer detects the fissure.

und fand keinen Gott, bei dem sie hätte liegen können. Die andere Hälfte gehörte der Sonne, und sie führte Krieg mit Sonne und Licht. Sie ertrug keinen Lichtstrahl auf geöffneten Büchern und keine Orchestrierung der Ideen, die ein Thema verknüpften. Sie ließ sich nicht von der Sonne bedekken – das halbe Universum gehörte der Sonne. Sie wendete ihren Schlangenrücken nur dem zu, was ihre Größe vielleicht überschatten konnte und ihr die Freude der Befruchtung schenkte.

Komm mit mir, Sabina, komm auf meine Insel. Komm auf meine Insel der Pfefferschoten, die langsam über schwachen Feuern garen, wo arabische Tonkrüge goldenes Wasser auffangen, die Insel der Palmen, wo Wildkatzen kämpfen, ein Esel im Morgengrauen schluchzt, wo die Füße über Korallenriffe und Seeanemonen schreiten, wo Ranken aus Seetang den Körper umhüllen, wo Melisandes Haar über den Balkon der Opéra Comique fließt, die Insel des unerbittlich diamantenen Sonnenlichts, der drückenden, kraftlosen Stunden in veilchenblauen Schatten, aschfarbener Felsen und Olivenbäume, Zitronenbäume, an denen Zitronen wie Laternen auf einem Gartenfest hängen, wo das Bambusrohr immer zittert und man den weichen Tritt der Bastschuhe hört, wo Granatäpfel Blut verspritzen und ein flötenähnlicher arabischer Gesang langanhaltend und eindringlich ertönt, wo die Bauern beim Pflügen singen, fluchen, singen und fluchen und Schweißtropfen mit den Samenkörnern zur Erde fallen.

Deine Schönheit ertränkt mich, ertränkt mein Innerstes. Wenn deine Schönheit mich verbrennt, zerfließe ich, wie ich niemals bei einem Mann zerflossen bin. Ich war anders als alle anderen Menschen, und ich war ich selbst, aber in dir erkenne ich den Teil von mir, der du bist. Ich spüre dich in mir. Ich fühle, wie meine Stimme schwerer wird, als würde ich dich trinken, jede zarte Spur der Ähnlichkeit wird vom Feuer verschweißt, und der Riß ist nicht mehr erkennbar.

Your lies are not lies, Sabina. They are arrows flung out of your orbit by the strength of your fantasy. To nourish illusion. To destroy reality. I will help you: it is I who will invent lies for you and with them we will traverse the world. But behind our lies I am dropping Ariadne's golden thread–for the greatest of all joys is to be able to retrace one's lies, to return to the source and sleep one night a year washed of all superstructures.

Sabina, you made your impression upon the world. I passed through it like a ghost. Does anyone notice the owl in the tree at night, the bat which strikes the window pane while others are talking, the eyes which reflect like water and drink like blotting paper, the pity which flickers quietly like candlelight, the understanding on which people lay themselves to sleep?

Does anyone know who I am?

Even my voice came from other worlds. I was embalmed in my own secret vertigoes. I was suspended over the world, seeing what road I could tread without treading down even clay or grass. My step was a sentient step; the mere crepitation of gravel could arrest my walk.

When I saw you, Sabina, I chose my body.

I will let you carry me into the fecundity of destruction. I choose a body then, a face, a voice. I become you. And you become me. Silence the sensational course of your body and you will see in me, intact, your own fears, your own pities.

Sabina, deine Lügen sind keine Lügen. Es sind Pfeile, die die Stärke deiner Phantasie aus deiner Umlaufbahn schleudert, um Illusionen zu nähren und Realität zu zerstören. Ich werde dir helfen. Ich werde Lügen für dich erfinden, und mit ihnen werden wir die Welt durchwandern. Aber hinter unseren Lügen entrolle ich den goldenen Faden der Ariadne, denn es schafft die größte Freude, den Weg der eigenen Lügen rückwärts zu gehen, zur Quelle zurückzukehren, und eine Nacht im Jahr reingewaschen von allen Phantasiegebilden zu schlafen.

Sabina, du hast der Welt deinen Stempel aufgedrückt. Ich ging wie ein Geist durch die Welt. Bemerkt jemand in der Nacht die Eule im Baum, die Fledermaus, die das Fenster streift, während die anderen sich unterhalten, die Augen, in denen sich alles spiegelt wie in Wasser und die wie Löschpapier trinken, das Mitleid, das still aufflackert wie Kerzenlicht, das Verständnis, auf dem die Menschen sich zur Ruhe betten?

Weiss jemand, wer ich bin?

Selbst meine Stimme kam aus anderen Welten. Ich war eingesponnen in meine geheimsten Ängste. Ich schwebte über der Welt und suchte einen Weg, auf dem ich gehen konnte, ohne das Gras oder den Staub zu zertreten. Mein Schritt war gefühlvoll, bereits das Knirschen der Kiesel vermochte meinen Gang aufzuhalten.

Als ich dich sah, Sabina, wählte ich meinen Körper.

Ich werde dir erlauben, mich in die Fruchtbarkeit der Zerstörung zu bringen. Dann wähle ich einen Körper, ein Gesicht, eine Stimme. Ich werde du, und du wirst ich. Bringe den sinnlichen Gang deines Körpers zum Schweigen, und du wirst in mir deine Ängste, dein Elend unversehrt erkennen.

You will see love which was excluded from the passions given you, and I will see the passions excluded from love. Step out of your role and rest yourself on the core of your true desires. Cease for a moment your violent deviations. Relinquish the furious indomitable strain.

I will take them up.

Cease trembling and shaking and gasping and cursing and find again your core which I am. Rest from twistedness, distortion, deformations. For an hour you will be me; that is, the other half of yourself. The half you lost. What you burnt, broke, and tore is still in my hands: I am the keeper of fragile things and I have kept of you what is indissoluble.

Even the world and the sun cannot show their two faces at once.

So now we are inextricably woven. I have gathered together all the fragments. I return them to you. You have run with the wind, scattering and dissolving. I have run behind you, like your own shadow, gathering what you have sown in deep coffers.

I AM THE OTHER FACE OF YOU

Our faces are soldered together by soft hair, soldered together, showing two profiles of the same soul. Even when I passed through a room like a breath, I made others uneasy and they knew I had passed.

Du wirst Liebe sehen, die die Leidenschaft nicht kennt, die man dir schenkte. Und ich werde die Leidenschaften finden, die die Liebe nicht kennt. Wirf deine Rolle ab und ruhe dich im Herzen deines wahren Verlangens aus. Beende für einen Augenblick deine leidenschaftlichen Verirrungen und wirf den wilden, unbezähmbaren Druck von dir ab.

Ich werde sie auf mich nehmen.

Höre auf zu zittern, zu rütteln, zu keuchen und zu fluchen. Finde deinen Kern wieder, der ich bin. Vergiß Verknotungen, Entstellungen und Deformierungen. Eine Stunde lang wirst du ich sein, deine andere Hälfte sein. Die Hälfte, die du verloren hast. Was du verbrannt, zerbrochen und zerrissen hast, liegt noch in meinen Händen. Ich bin die Hüterin zerbrechlicher Dinge und habe das Unzerstörbare in dir bewahrt.

Selbst Erde und Sonne können ihre zwei Gesichter nicht gleichzeitig zeigen.

Jetzt sind wir untrennbar vereint. Ich habe alle Fragmente gesammelt. Ich gebe sie dir zurück. Du bist mit dem Wind dahingejagt, hast zerstreut und vernichtet. Ich bin wie dein Schatten hinter dir hergeeilt und habe in großen Truhen gesammelt, was du verstreut hast.

Ich bin dein anderes Gesicht

Unsere Gesichter sind durch weiches Haar miteinander verschweißt, zusammengeschweißt, zwei Profile derselben Seele. Selbst wenn ich wie ein leichter Hauch durch ein Zimmer ging, machte es die anderen beklommen, und sie wußten, daß ich vorbeigegangen war.

I was the white flame of your breath, your simoun breath shrivelling the world. I borrowed your visibility and it was through you I made my imprint on the world. I praised my own flame in you.

THIS IS THE BOOK YOU WROTE
AND YOU ARE THE WOMAN
I AM

Only our faces must shine twofold–like day and night–always separated by space and the evolutions of time.

The smoke sent my head to the ceiling: there it hung, looking down upon frog eyes, straw hair, mouth of soiled leather, mirrors of bald heads, furred monkey hands with ham colored palms. The music whipped the past out of its tomb and mummies flagellated my memory.

If Sabina were now a memory; if I should sit here and she should never come again! If I only imagined her one night because the drug made fine incisions and arranged the layers of my body on Persian silk hammocks, tipped with cotton each fine nerve and sent the radium arrows of fantasy through the flesh . . .

I am freezing and my head falls down through a thin film of smoke. I am searching for Sabina again with deep anguish through the faceless crowd.

Als weiße Flamme deines Atems, deines Wüstenwindatems ließ ich die Welt verdorren. Ich lieh mir deine Erscheinung, und durch dich drückte ich der Welt meinen Stempel auf. In dir pries ich meine eigene Flamme.

Du hast dieses Buch geschrieben und du bist die Frau, die ich bin

Unsere Gesichter müssen zweifach leuchten – wie Tag und Nacht –, immer getrennt durch Raum und das Werden der Zeit.

Der Rauch trug meinen Kopf zur Decke: Dort hing er und sah auf Froschaugen hinab, auf Haare aus Stroh und auf Münder aus fleckigem Leder, auf die Spiegel kahler Köpfe und auf behaarte Affenhände mit rosigen Handtellern. Die Musik peitschte die Vergangenheit aus ihrem Grab, und Mumien geißelten meine Erinnerung.

Wenn Sabina nur eine Erinnerung wäre, wenn ich hier säße, und sie würde nie mehr kommen?! Wenn ich sie nur eines Nachts erfand, weil die Droge die Glieder meines Körpers mit feinen Schnitten durchtrennte und sie auf persische Hängematten aus Seide lagerte, weil sie jeden kleinsten Nerv mit Watte umhüllte und die Radiumpfeile der Phantasie durch den Körper schickte …

Ich friere, und mein Kopf fällt durch einen dünnen Rauchschleier nach unten. Wieder suche ich voll tiefer Angst nach Sabina in der gesichtslosen Menge.

I am ill with the obstinacy of images, reflections in cracked mirrors. I am a woman with Siamese cat eyes smiling always behind my gravest words, mocking my own intensity. I smile because I listen to the OTHER and I believe the OTHER. I am a marionette pulled by unskilled fingers, pulled apart, inharmoniously dislocated; one arm dead, the other rhapsodizing in mid-air. I laugh, not when it fits into my talk, but when it fits into the undercurrents of my talk. I want to know what is running underneath thus punctuated by bitter upheavals. The two currents do not meet. I see two women in me freakishly bound together, like circus twins. I see them tearing away from each other. I can hear the tearing, the anger and love, passion and pity. When the act of dislocation suddenly ceases–or when I cease to be aware of the sound– then the silence is more terrible because there is nothing but insanity around me, the insanity of things pulling, pulling within oneself, the roots tearing at each other to grow separately, the strain made to achieve unity.

It requires only a bar of music to still the dislocation for a moment; but there comes the smile again, and I know that the two of us have leaped beyond cohesion.

Greyness is no ordinary greyness, but a vast lead roof which covers the world like the lid of a soup pan. The breath of human beings is like the steam of a laundry house. The smoke of cigarettes is like a rain of ashes from Vesuvius. The lights taste of sulphur, and each face stares at you with the immensity of its defects. The smallness of a room is like that of an iron cage in which one can neither sit nor lie down.

Die Hartnäckigkeit der Visionen, Reflektionen in zersprungenen Spiegeln, macht mich krank. Ich bin eine Frau, die mit den Augen einer Siamkatze hinter ernsten Worten lächelt und über ihre Intensität spöttelt. Ich lächle, denn ich höre die ANDERE, und ich glaube der ANDEREN. Ich bin eine Marionette, von ungeschickten Fingern geführt, herumgezerrt und gefühllos bewegt. Ein Arm ist abgestorben, der andere tanzt wild in der Luft. Ich lache, nicht wenn es zu meinen Worten paßt, sondern wenn es der tiefere Sinn meiner Rede verlangt. Ich will wissen, was darunter liegt und worauf bittere Ausbrüche immer wieder hinweisen. Die beiden Ströme vereinen sich nicht. In mir sehe ich zwei Frauen, die wie groteske Zirkuszwillinge miteinander verwachsen sind. Ich sehe, wie sie versuchen, sich voneinander loszureißen. Ich kann das Reißen hören, den Zorn und die Liebe, die Leidenschaft und das Mitleid. Wenn dieser Akt der Entfremdung plötzlich endet – oder wenn ich dieses Geräusch nicht länger höre –, ist die Stille noch schrecklicher, denn dann umgibt mich nichts als Wahnsinn, der Wahnsinn von Dingen, die an mir zerren, in mir zerren, wie Wurzeln, die sich losreißen, um getrennt zu wachsen, im zähen Bemühen, Einheit zu erreichen.

Ein Takt Musik genügt, um das Zerren einen Augenblick lang aufhören zu lassen; aber dann kommt das Lächeln wieder und ich weiß, daß wir beide jede Verbindung hinter uns gelassen haben.

Grauheit ist nicht gewöhnliche Grauheit, sondern ein riesiges Bleidach, das die Welt bedeckt, wie der Deckel einen Suppentopf. Der Atem der Menschen gleicht dem Dampf einer Wäscherei. Der Zigarettenrauch ist wie der Aschenregen des Vesuv. Die Lichter schmecken wie Schwefel, und jedes Gesicht starrt dich mit der Ungeheuerlichkeit seiner Makel an. Die Enge eines Zimmers ist wie ein eiserner Käfig, in dem man weder sitzen noch liegen kann. Die Größe ande-

The largeness of other rooms is like a mortal danger always suspended above you, awaiting the moment of your joy to fall. Laughter and tears are not separate experiences, with intervals of rest: they rush out together and it is like walking with a sword between your legs. Rain does not wet your hair but drips in the cells of the brain with the obstinacy of a leak. Snow does not freeze the hands, but like ether distends the lungs until they burst. All the ships are sinking with fire in their bowels, and there are fires hissing in the cellars of every house. The loved one's whitest flesh is what the broken glass will cut and the wheel crush. The long howls in the night are howls of death. Night is the collaborator of torturers. Day is the light on harrowing discoveries. If a dog barks it is the man who loves wide gashes leaping in through the window. Laughter precedes hysteria. I am waiting for the heavy fall and the foam at the mouth.

A room with a ceiling threatening me like a pair of open scissors. Attic windows. I lie on a bed like gravel. All connections are breaking. Slowly I part from each being I love, slowly, carefully, completely. I tell them what I owe them and what they owe me. I cull their last glances and the last orgasm. My house is empty, sunglazed, reflectively alive, its stillness gathering implications, secret images which some day will madden me when I stand before blank walls, hearing far too much and seeing more than is humanly bearable. I part from them all. I die in a small scissor-arched room, dispossessed of my loves and my belongings, not even registered in the hotel book. At the same time I know that if I

rer Zimmer ist wie eine tödliche Gefahr, die unablässig über dir schwebt und auf den Moment deiner Freude wartet, um herabzustürzen. Lachen und Weinen sind keine getrennten Gefühle, zwischen denen Pausen liegen: Sie brechen gleichzeitig hervor, und es ist, als ginge man mit einem Schwert zwischen den Beinen. Regen durchnäßt nicht deine Haare, sondern tropft in die Zellen des Gehirns mit Hartnäckigkeit wie aus einer undichten Stelle. Schnee läßt nicht die Hände erfrieren, sondern bläht wie Äther die Lungen, bis sie bersten. Alle Schiffe sinken mit Feuer im Laderaum, und in den Kellern aller Häuser zischen Feuer. Das weißeste Fleisch der Geliebten wird von dem zerbrochenen Glas zerschnitten werden, und die Räder werden es zermalmen. Das lange Klagen in den Nächten ist das Klagen des Todes. Die Nacht ist die Handlangerin der Folterer. Der Tag wirft sein Licht auf herzzerreißende Entdeckungen. Wenn ein Hund bellt, springt der Mann, der große klaffende Wunden liebt, durch das Fenster herein. Gelächter geht der Hysterie voraus. Ich erwarte den schweren Fall und den Schaum vor dem Mund.

Eine Zimmerdecke bedroht mich wie eine geöffnete Schere. Dachfenster. Ich liege auf einem Bett wie auf Kieselsteinen. Alle Bindungen zerbrechen. Langsam trenne ich mich von jedem Menschen, den ich liebe, langsam, sorgsam, vollständig. Ich sage ihnen, was ich ihnen schulde und was sie mir schulden. Ich pflücke ihre letzten Blicke und den letzten Orgasmus. Mein Haus ist leer, sonnendurchflutet, nachdenklich lebendig, seine Stille sammelt die tieferen Bedeutungen, die geheimen Bilder, die mich eines Tages zum Wahnsinn treiben werden, wenn ich vor nackten Wänden stehe und zuviel höre und mehr sehe, als ein Mensch ertragen kann. Ich trenne mich von ihnen allen. Ich sterbe in einem kleinen Zimmer, dessen Decke wie eine geöffnete Schere ist. Ich sterbe und bin meiner Liebe und meines Besitzes beraubt, ich bin nicht einmal im Gästebuch des Hotels eingetragen. Gleichzeitig weiß ich, daß ein völlig neues Le-

stayed in this room a few days an entirely new life could begin–like the soldering of human flesh after an operation. It is the terror of this new life, more than the terror of dying, which arouses me. I jump out of bed and run out of this room growing around me like a poisoned web, seizing my imagination, gnawing into my memory so that in seven moments I will forget who I am and whom I have loved.

It was room number 35 in which I might have awakened next morning mad or a whore.

Desire which had stretched the nerve broke, and each nerve seemed to break separately, continuously, making incisions, and acid ran instead of blood. I writhed within my own life, seeking a free avenue to carry the molten cries, to melt the pain into a cauldron of words for everyone to dip into, everyone who sought words for their own pain. What an enormous cauldron I stir now; enormous mouthfuls of acid I feed the others now, words bitter enough to burn all bitterness.

Disrupt the brown crust of the earth and all the sea will rise; the sea-anemones will float over my bed, and the dead ships will end their voyages in my garden. Exorcise the demons who ring the hours over my head at night when all counting should be suspended; they ring because they know that in my dreams I am cheating them of centuries. It must be counted like an hour against me.

ben beginnen könnte, wenn ich einige Tage in diesem Zimmer bliebe – es wäre wie das Vernähen der Wunde nach einer Operation. Und es ist der Schrecken vor diesem neuen Leben mehr noch als das Entsetzen vor dem Tod, der mich erweckt. Ich springe aus dem Bett und stürze aus dem Zimmer, das sich wie ein giftiges Netz um mich legt, das meine Vorstellungskraft ergreift und sich in mein Gedächtnis einfrißt, so daß ich in sieben Augenblicken vergessen werde, wer ich bin und wen ich geliebt habe.

Im Zimmer fünfunddreißig wäre ich vielleicht am nächsten Morgen erwacht – verrückt oder als Hure.

Das Verlangen, das die Nerven gespannt hatte, zerbrach, und jeder einzelne Nerv schien immer wieder zu zerspringen, Wunden zu hinterlassen, aus denen nicht Blut, sondern Säure rann. Ich krümmte mich unter meinem Leben. Ich suchte eine freie Straße, um die geschmolzenen Schreie zu tragen, den Schmerz in einem Kessel von Worten zu schmelzen, in den jeder greifen konnte, jeder, der Worte für seinen Schmerz suchte. Ich rühre jetzt in einem riesigen Kessel. Jetzt gebe ich anderen riesige Löffel voll Säure und Worten, die bitter genug sind, um alle Bitterkeit zu verbrennen.

Breche die braune Kruste der Erde, und alle Meere werden sich erheben. Seeanemonen werden mein Bett überfluten und die toten Schiffe ihre Reise in meinem Garten beenden. Treibe die Dämonen aus, die nachts über meinem Kopf die Stunden schlagen, wenn alles Zählen aufhören sollte. Sie schlagen die Stunden, denn sie wissen, daß ich sie in meinen Träumen um Jahrhunderte betrüge. Es ist wie eine Stunde, die mir angelastet wird.

I heard the lutes which were brought from Arabia and felt in my breasts the currents of liquid fire which run through the rooms of the Alhambra and refresh me from the too clear waters.

The too clear pain of love divided, love divided ...

I was in a ship of sapphire sailing on seas of coral. And standing at the prow singing. My singing swelled the sails and ripped them; where they had been ripped the edge was burnt and the clouds too were ripped to tatters by my voice.

I saw a city where each house stood on a rock between black seas full of purple serpents hissing alarms, licking the rocks and peering over the walls of their garden with bulbous eyes.

I saw the glass palm tree sway before my eyes; the palm trees on my island were still and dusty when I saw them deadened by pain. Green leaves withered for me, and all the trees seemed glassily unresponsive while the glass palm tree threw off a new leaf on the very tip and climax of its head.

The white path sprouted from the heart of the white house and was edged with bristly cactus long-fingered and furry, unmoved by the wind, ageless. Over the ageless cactus the bamboo shoots trembled, close together, perpetually wind-shirred.

Ich höre die Lauten, die aus Arabien kommen, und in meinen Brüsten fühle ich die Ströme flüssigen Feuers, die die Räume der Alhambra durchfließen, und ich labe mich an den zu klaren Wassern.

Der zu klare Schmerz getrennter Liebe, getrennter Liebe ...

Auf einem Schiff aus Saphiren segelte ich über Korallenmeere und stand singend am Bug. Mein Gesang blähte die Segel und ließ sie bersten. Wo sie zerrissen, waren die Ränder verbrannt, und auch die Wolken wurden von meiner Stimme zerfetzt.

Ich sah eine Stadt, in der jedes Haus auf einem Felsen in schwarzen Meeren stand, in denen purpurne Schlangen drohend zischten, an den Felsen züngelten und mit brennenden Augen über die Mauern der Gärten spähten.

Die Glaspalme wiegte sich vor meinen Augen, die Palmen auf meiner Insel standen regungslos und staubig, vom Schmerz dahingerafft. Für mich verdorrten grüne Blätter, und alle Bäume schienen teilnahmslos und gläsern. Aber die Glaspalme trieb an ihrer höchsten Spitze, auf ihrer Krone, ein neues Blatt.

Der weiße Pfad entsprang im Herzen des weißen Hauses und wurde von dornigen, langfingrigen, pelzigen Kakteen eingefaßt, die kein Wind bewegen konnte. Sie kannten kein Alter. Über den zeitlosen Kakteen bebte das Bambusrohr, dicht zusammengedrängt und vom Wind unaufhörlich bewegt.

The house had the shape of an egg, and it was carpeted with cotton and windowless; one slept in the down and heard through the shell the street organ and the apple vendor who could not find the bell.

Images–bringing a dissolution of the soul within the body like the rupture of sweet-acid of the orgasm. Images made the blood run back and forth, and the watchfulness of the mind watching against dangerous ecstasies was now useless. Reality was drowned and fantasies choked each hour of the day.

Nothing seems true today except the death of the goldfish who used to make love at ninety kilometers an hour in the pool. The maid has given him a Christian burial. To the worms! To the worms!

Das Haus hatte die Form eines Eis. Es war mit Watte ausgelegt, und es gab keine Fenster. Man schlief auf Daunen, und durch seine Schale hörte man die Drehorgel und den Apfelverkäufer, der die Klingel nicht finden konnte.

Bilder – sie ließen die Seele im Körper zerfließen, wie das Bersten der süßen Säure des Orgasmus. Bilder ließen das Blut auf- und absteigen, und die Wachsamkeit des Geistes, die vor den gefährlichen Ekstasen schützen sollte, war jetzt nutzlos. Die Realität ertrank, und Phantasien erdrosselten jede Stunde des Tages.

Heute scheint nichts wahr zu sein, nur der Tod des Goldfischs, der pfeilschnell das Wasser durchschneidend sich im Teich der Liebe hingab. Das Hausmädchen hat ihm ein christliches Begräbnis bereitet. Zu den Würmern! Zu den Würmern!

I am floating again. All the facts and all the words, all images, all presages are sweeping over me, mocking each other. The dream! The dream! The dream rings through me like a giant copper bell when I wish to betray it. It brushes by me with bat wings when I open human eyes and seek to live dreamlessly. When human pain has struck me fiercely, when anger has corroded me, I rise, I always rise after the crucifixion, and I am in terror of my ascensions. THE FISSURE IN REALITY. The divine departure. I fall. I fall into darkness after the collision with pain, and after pain the divine departure.

Oh, the weight, the tremendous weight of my head pulled up by the clouds and swinging in space, the body like a wisp of straw, the clouds dragging my hair like a scarf caught in a chariot wheel, the body dangling, colliding with the lantern stars, the clouds dragging me over the world.

I cannot stop, or descend.

I hear the unfurling of water, of skies and curtains. I hear the shiver of leaves, the breathing of the air, the wailing of the unborn, the pressure of the wind.

I hear the movements of the stars and planets, the slight rust creak when they shift their position. The silken passage of radiations, the breath of circles turning.

Ich treibe wieder dahin. Alle Tatsachen, alle Worte, alle Bilder, alle Vorahnungen überfluten mich und treiben Spott miteinander. Der Traum! Der Traum! Der Traum hallt in mir wie eine riesige Kupferglocke, wenn ich ihn verraten will. Er streift mich mit Fledermausflügeln, wenn ich Menschenaugen öffne und versuche, traumlos zu leben. Ich schwinge mich empor, wenn menschlicher Schmerz mich überfällt und mich der Zorn zerfrißt. Nach jeder Kreuzigung steige ich empor, und ich fürchte mich vor meinem Aufstieg. DER RISS IN DER REALITÄT. Der Aufbruch des Göttlichen. Ich falle. Nach dem Zusammenstoß mit dem Schmerz falle ich in Dunkelheit, und dem Schmerz folgt der Aufbruch des Göttlichen.

Oh, die Last, die schwere Last meines Kopfes, den die Wolken nach oben ziehen und der im Raum schwingt. Der Körper ist wie ein Büschel Stroh. Die Wolken reißen mein Haar mit sich wie einen Schal, der sich im Wagenrad gefangen hat. Der Körper baumelt, stößt gegen die Laternensterne, und die Wolken schleppen mich über die Welt.

Ich kann nicht anhalten und nicht hinabsteigen.

Ich höre das Rauschen von Wasser, von Himmeln und Vorhängen. Ich höre das Zittern der Blätter, das Atmen der Luft, die Klagen der Ungeborenen und den Druck des Windes.

Ich höre den Lauf der Sterne und Planeten, das rostige Quietschen, wenn sie ihre Position verändern. Ich höre das seidene Dahinschießen der Strahlen, das Atmen sich drehender Kreise.

I hear the passing of mysteries and the breathing of monsters. Overtones only, or undertones. Collision with reality blurs my vision and submerges me into the dream. I feel the distance like a wound. It unrolls itself before me like the rug before the steps of a cathedral for a wedding or a burial. It is unrolled like a crimson bride between the others and me, but I cannot walk on it without a feeling of uneasiness, as one has at ceremonies. The ceremony of walking along the unrolled carpet into the cathedral where the functions unravel to which I am a stranger. I neither marry nor die. And the distance between the crowd, between the others and me, grows wider.

Distance. I never walked over the carpet into the ceremonies. Into the fullness of the crowd life, into the authentic music and the odor of men. I never attended the wedding or the burial. Everything for me took place either in the belfry where I was alone with the deafening sound of bells calling in iron voices, or in the cellar where I nibbled at the candles and the incense stored away with the mice.

I cannot be certain of any event or place, only of my solitude. Tell me what the stars are saying about me. Does Saturn have eyes made of onions which weep all the time? Has Mercury chicken feathers on his heels, and does Mars wear a gas mask? Gemini, the evolved twins, do they evolve all the time, turning on a spit, Gemini a la broche?

Ich höre das Entschwinden der Geheimnisse und den Atem der Ungeheuer. Ich höre nur Obertöne und nur Untertöne. Der Zusammenstoß mit der Wirklichkeit verwischt meine Vision und läßt mich in den Traum versinken. Ich spüre die Entfernung wie eine Wunde. Sie entrollt sich vor mir wie der Teppich auf den Stufen einer Kathedrale zu einer Hochzeit oder einer Beerdigung. Er entrollt sich wie ein roter Schleier zwischen mir und den anderen. Aber ich kann ihn nicht ohne ein Gefühl der Beklemmung betreten; Beklemmung, die man bei Zeremonien empfindet, hemmt mich, wenn ich auf dem ausgerollten Teppich in die Kathedrale schreite, wo sich ein fremdartiges Zeremoniell vor mir entfaltet. Ich heirate nicht und ich sterbe nicht. Und die Distanz zwischen der Menge, zwischen den anderen und mir vergrößert sich.

Distanz. Ich schritt nie über den Teppich, nie in die Fülle des Lebens der Menge, in die spontane Musik und in den Dunstkreis der Menschen. Niemals nahm ich an der Hochzeit oder an der Beerdigung teil. Ich stand entweder im Glockenturm, wo ich mit dem ohrenbetäubenden Klang der Glocken allein war, die mit eisernen Stimmen riefen, oder im Keller, wo ich mit den Mäusen an Kerzen und Weihrauch knabberte, die dort lagerten.

Ich kann mich nicht mit Sicherheit an ein Ereignis oder an einen Ort erinnern, ich kenne nur meine Einsamkeit. Sage mir, was die Sterne über mich erzählen. Hat Saturn Augen aus Zwiebeln, die unablässig weinen? Hat Merkur Hühnerfedern an seinen Fersen, und trägt Mars eine Gasmaske? Die Zwillinge, die unzertrennlichen Zwillinge, sind sie immer unzertrennlich? Drehen sie sich am Spieß, Zwillinge à la broche?

There is a fissure in my vision and madness will always rush through. Lean over me, at the bedside of my madness, and let me stand without crutches.

I am an insane woman for whom houses wink and open their bellies. Significance stares at me from everywhere, like a gigantic underlying ghostliness. Significance emerges out of dank alleys and sombre faces, leans out of the windows of strange houses. I am constantly reconstructing a pattern of something forever lost and which I cannot forget. I catch the odors of the past on street corners and I am aware of the men who will be born tomorrow. Behind windows there are either enemies or worshippers. Never neutrality or passivity. Always intention and premeditation. Even stones have for me druidical expressions.

I walk ahead of myself in perpetual expectancy of miracles.

I am enmeshed in my lies, and I want absolution. I cannot tell the truth because I have felt the heads of men in my womb. The truth would be death-dealing and I prefer fairy-tales. I am wrapped in lies which do not penetrate my soul. As if the lies I tell were like costumes. The shell of mystery can break and grow again over night. But the moment I step into the cavern of my lies I drop into darkness. I see a face which stares at me like the glance of a cross-eyed man.

I remember the cold on Jupiter freezing ammonia and out of ammonia crystals came the angels. Bands of ammonia and methane encircling Uranus. I remember the tornadoes of inflammable methane on Saturn. I remember on Mars a veg-

Ein Riß durchzieht meine Vorstellung, und Wahnsinn wird immer hindurchjagen. Beuge dich über mich, am Krankenbett meines Wahnsinns, und laß mich ohne Krücken stehen.

Ich bin eine Wahnsinnige, der Häuser zuzwinkern und ihre Bäuche öffnen. Überall starrt mich etwas Bedeutsames an, etwas Gespenstisches, das unter der Oberfläche aller Dinge liegt. Etwas Wesentliches taucht aus dumpfen Gassen und finsteren Gesichtern auf, es lehnt sich aus den Fenstern fremder Häuser. Unablässig rekonstruiere ich einen Plan, der für immer verlorengegangen ist und den ich nicht vergessen kann. An den Straßenecken steigen mir die Düfte der Vergangenheit in die Nase, und ich erkenne die Menschen, die morgen geboren werden. Hinter den Fenstern warten Feinde oder Verehrer, niemals Gleichgültigkeit oder Teilnahmslosigkeit, sondern Absichten und Vorsätze. Selbst Steine haben für mich einen druidischen Ausdruck.

Ich gehe vor mir her und warte immer auf Wunder.

Ich bin in meine Lügen verstrickt und suche Absolution. Ich kann die Wahrheit nicht aussprechen, denn ich habe die Menschenköpfe in meinem Leib gespürt. Die Wahrheit wäre todbringend, und ich ziehe Märchen vor. Ich bin in Lügen gehüllt, die meine Seele nicht durchdringen können. Meine Lügen scheinen Kostüme zu sein. Die Schale des Geheimnisses kann zerbrechen und über Nacht wieder wachsen. Aber sobald ich die Höhle meiner Lügen betrete, falle ich in Dunkelheit. Ich sehe ein Gesicht, das mich mit schielenden Augen ansieht.

Ich erinnere mich an die Kälte auf Jupiter, in der Ammoniak gefror, und aus den Ammoniakkristallen traten die Engel. Bänder aus Ammoniak und Methan umkreisten Uranus. Ich erinnere mich an die Tornados des brennenden Methan auf dem Saturn. Ich erinnere mich an eine Vegetation auf dem

etation like the tussock grasses of Peru and Patagonia, an ochrous red, a rusty ore vegetation, mosses and lichens. Iron bearing red clays and red sandstone. Light there had a sound and sunlight was an orchestra.

Mars, die dem Büschelgras von Peru und Patagonien glich, ein ockerhaltiges Rot, eine rostrote Erzvegetation, Moose und Flechten. Eisenhaltiger roter Ton und roter Sandstein. Das Licht dort hatte einen Klang, und die Sonne strahlte wie ein Orchester.

Dilated eyes, noble-raced profile, wilful mouth. Jeanne, all in fur, with fur eyelashes, walking with head carried high, nose to the wind, eyes on the stars, walking imperiously, dragging her crippled leg. Her eyes higher than the human level, her leg limping behind the tall body, inert, like the chained ball of a prisoner.

Prisoner on earth, against her will to die.

Her leg dragging so that she might remain on earth, a heavy dead leg which she carried like the ball and chain of a prisoner.

Her pale, nerve-stained fingers tortured the guitar, tormenting and twisting the strings with her timidity as her low voice sang; and behind her song, her thirst, her hunger and her fears.

As she turned the keys of her guitar, fiercely tuning it, the string snapped and her eyes were terror-stricken as by the snapping of her universe.

She sang and she laughed: I love my brother.

I love my brother. I want crusades and martyrdom. I find the world too small.

Salted tears of defeat crystallized in the corners of her restless eyes.

But I never weep.

She picked up a mirror and looked at herself with love.

Geweitete Augen, ein adliges Profil, ein entschlossener Mund. Jeanne, in Pelz gehüllt, mit Augenwimpern aus Pelz, ging mit erhobenem Kopf, ihre Nase im Wind, die Augen auf die Sterne gerichtet, gebieterisch, und zog ihr verkrüppeltes Bein nach. Ihre Augen erhoben sich über den menschlichen Horizont, ihr Bein hinkte hinter dem großen Körper her und war so schwer wie die Kugel an der Kette eines Gefangenen.

Eine Gefangene auf der Erde, entgegen ihrem Wunsch zu sterben.

Sie zog ihr Bein hinter sich her, damit sie auf der Erde bliebe, ein schweres, totes Bein, das sie wie die Kugel und die Kette eines Gefangenen schleppte.

Ihre blassen, nervigen Finger quälten die Gitarre, und während sie leise sang, folterte und peinigte sie die Saiten mit ihrer Furchtsamkeit, und hinter ihrem Lied lagen ihr Durst, ihr Hunger und ihre Ängste.

Als sie die Saiten ihrer Gitarre spannte, sie heftig stimmte, zersprang eine Saite, und in ihren Augen spiegelte sich Entsetzen, als sei ihre Welt zersprungen.

Sie sang, und sie lachte: Ich liebe meinen Bruder.

Ich liebe meinen Bruder. Ich wünsche mir Kreuzzüge und Martyrium. Für mich ist die Welt viel zu klein.

In den Winkeln ihrer ruhelosen Augen erstarrten die salzigen Tränen ihrer Niederlage.

Aber ich weine nie.

Sie ergriff einen Spiegel und betrachtete sich liebevoll.

Narcisse gazing at himself in Lanvin mirrors. The Four Horsemen of the Apocalypse riding through the Bois. Tragedy rolling on cord tires.

The world is too small. I get tired of playing the guitar, of knitting, and walking, and bearing children. Men are small, and passions are shortlived. I get furious at stairways, furious at doors, at walls, furious at everyday life which interferes with the continuity of ecstasy.

But there is a martyrdom of tenseness, of fever, of living continuously like the firmament in full movement and in full effulgence.

You never saw the stars grow weary or dim. They never sleep.

She sat looking at herself in a hand mirror and searching for an eyelash which had fallen into her eye.

I married a man, Jeanne said, who had never seen painted eyes weep, and on the day of my wedding I wept. He looked at me and he saw a woman shedding enormous black tears, very black tears. It frightened him to see me shedding black tears on my wedding night. When I heard the bells ringing I thought they rang far too loud. They deafened me. I felt I would begin to weep blood, my ears hurt me so much. I coughed because the din was immense and terrifying, like the time I stood next to the bells of Chartres. He said the bells were not loud at all, but I heard them so close to me that I could not hear his voice, and the noise seemed like hammering against my flesh, and I thought my ears would burst. Every cell in my body began to burst, one by one,

Narziß betrachtet sich in Lanvin-Spiegeln. Die vier Reiter der Apokalypse reiten durch den Bois de Boulogne. Tragik rollt auf Gummirädern dahin.

Die Welt ist zu klein. Ich bin es leid, die Gitarre zu spielen, zu stricken und spazierenzugehen, ich bin es leid, Kinder in meinem Leib zu tragen. Die Männer sind winzig, und Leidenschaften dauern nicht. Treppen machen mich wütend, Türen machen mich wütend, Wände machen mich wütend. Das alltägliche Leben, das das Andauern der Ekstase verhindert, macht mich wütend.

Aber es gibt ein Martyrium der Spannungen, der Fieber. Wie das Firmament ist es unaufhörlich in voller Bewegung und erstrahlt in vollem Glanz.

Du hast noch nie gesehen, daß Sterne müde oder dunkel werden. Sie schlafen niemals.

Sie betrachtete sich in einem Handspiegel und suchte nach einer Wimper, die ihr ins Auge geraten war.

Ich heiratete einen Mann, sagte Jeanne, der noch nie geschminkte Augen hatte weinen sehen, und am Tag meiner Hochzeit weinte ich. Er sah mich an und erblickte eine Frau, die große schwarze Tränen weinte, sehr schwarze Tränen. Er erschrak, weil ich an meinem Hochzeitstag schwarze Tränen vergoß. Als die Glocken zu läuten begannen, klangen sie in meinen Ohren viel zu laut. Sie betäubten mich. Meine Ohren schmerzten so sehr, daß ich glaubte, ich würde Blut weinen. Ich hustete, denn das Getöse war ungeheuer und erschreckend, wie damals, als ich in Chartres neben den Glocken stand. Er sagte, die Glocken seien nicht laut, aber ich hörte sie so laut, daß ich seine Stimme nicht hören konnte, der Lärm schien gegen meinen Körper zu hämmern, und ich glaubte, meine Ohren müßten zerspringen. Jede Zelle

inside of the immense din from which I could not escape. I tried to run away from the bells. I shouted: stop the bells from ringing! But I could not run away from them because the sound was all round me and inside me, like my heart pounding in huge iron beats, like my arteries clamping like cymbals, like my head knocked against granite and a hammer striking the vein on my temple. Explosions of sounds without respite which made my cells burst, and the echoes of the cracking and breaking in me rolled into echoes, struck me again and again until my nerves were twisting and curling inside me, and then snapped and tore at the gong, until my flesh contracted and shrivelled with pain, and the blood spilled out of my ears and I could not bear any more ... Could not bear to attend my own wedding, could not bear to be married to man, because, because, because ...

I LOVE MY BROTHER!

She shook her heavy Indian bracelets; she caressed her Orient blue bottles, and then she lay down again.

I am the most tired woman in the world. I am tired when I get up. Life requires an effort which I cannot make. Please give me that heavy book. I need to put something heavy like that on top of my head. I have to place my feet under the pillows always, so as to be able to stay on earth. Otherwise I feel myself going away, going away at a tremendous speed, on account of my lightness. I know that I am dead. As soon as I utter a phrase my sincerity dies, becomes a lie whose coldness chills me. Don't say anything, because I see that you understand me, and I am afraid of your understanding. I

meines Körpers barst. Eine nach der anderen. Ich war gefangen in diesem ungeheueren Getöse, dem ich nicht entrinnen konnte. Ich versuchte, den Glocken zu entfliehen. Ich rief: Bringt die Glocken zum Schweigen! Aber ich konnte ihnen nicht entrinnen, denn der Klang umhüllte mich, er war in mir, als schlage mein Herz mit schwerem eisernen Dröhnen und das Blut in meinen Adern wie Zimbeln, mein Kopf schien gegen Granit zu stoßen und ein Hammer in den Adern meiner Schläfe zu pochen. Pausenlos explodierten Töne und ließen meine Zellen bersten. Reißen und Brechen in mir hallten als Echos nach. Sie trafen mich wieder und wieder, bis meine Nerven sich drehten und wanden und beim Gongschlag zersprangen und rissen, bis mein Körper sich vor Schmerz krümmte und welkte. Blut spritzte aus meinen Ohren, und ich konnte es nicht länger ertragen ... ich konnte es nicht ertragen, an meiner Hochzeit teilzunehmen, konnte es nicht ertragen, mit einem Mann verheiratet zu werden, denn, denn, denn ...

ICH LIEBE MEINEN BRUDER!

Sie schüttelte ihre schweren indischen Armreife. Sie streichelte ihre blauen, orientalischen Flaschen und legte sich wieder hin.

Ich bin die müdeste Frau der Welt. Ich bin beim Aufstehen müde. Das Leben ist eine Anstrengung, die ich nicht auf mich nehmen kann. Bitte gib mir dieses schwere Buch. Ich muß etwas Schweres auf meinen Kopf legen, ich muß meine Füße unter die Kissen legen, damit ich auf der Erde bleiben kann. Sonst fühle ich, wie ich davonschwebe, die Erde meiner Leichtigkeit wegen mit ungeheurer Geschwindigkeit verlasse. Ich weiß, daß ich tot bin. Sobald ich einen Satz hervorbringe, stirbt meine Ehrlichkeit, wird zu einer Lüge, deren Kälte mich frieren läßt. Sage nichts, denn ich sehe, daß du mich verstehst, und ich fürchte dein Verständnis. Ich

have such a fear of finding another like myself, and such a desire to find one! I am so utterly lonely, but I also have such a fear that my isolation be broken through, and I no longer be the head and ruler of my universe. I am in great terror of your understanding by which you penetrate into my world; and then I stand revealed and I have to share my kingdom with you.

But Jeanne, fear of madness, only the fear of madness will drive us out of the precincts of our solitude, out of the sacredness of our solitude. The fear of madness will burn down the walls of our secret house and send us out into the world seeking warm contact. Worlds self-made and self-nourished are so full of ghosts and monsters.

Knowing only fear, it is true, such a fear that it chokes me, that I stand gaping and breathless, like a person deprived of air; or at other times, I cannot hear, I suddenly become deaf to the world. I stamp my feet and hear nothing. I shout and hear nothing of my shout. And then at times, when I lie in bed, fear clutches me again, a great terror of silence and of what will come out of this silence towards me and knock on the walls of my temples, a great mounting, choking fear. I knock on the wall, on the floor, to drive the silence away. I knock and I sing and I whistle persistently until I drive the fear away.

When I sit before my mirror I laugh at myself. I am brushing my hair. Here are a pair of eyes, two long braids, two feet. I look at them like dice in a box, wondering if I should shake

fürchte mich so sehr, jemanden zu finden, der ist, wie ich bin. Doch das Verlangen ist groß, ihn zu finden! Ich bin so entsetzlich einsam, aber ich habe auch große Furcht davor, daß meine Isolation durchbrochen wird und ich nicht länger Herrin und Herrscherin in meinem Universum sein kann. Ich habe große Angst vor deinem Verständnis, mit dem du in meine Welt eindringst; denn dann bin ich bloßgestellt und muß mein Reich mit dir teilen.

Aber Jeanne, die Furcht vor dem Wahnsinn, nur die Furcht vor dem Wahnsinn treibt uns aus dem Bereich unserer Einsamkeit, aus dem Heiligtum unserer Einsamkeit. Die Furcht vor dem Wahnsinn wird die Mauern unseres heimlichen Hauses niederbrennen und uns auf der Suche nach warmen Kontakten in die Welt hinausschicken. Selbstgeschaffene und selbsterhaltene Welten sind voller Geister und Ungeheuer.

Es ist wahr, ich kenne nur Angst. So große Angst, daß sie mich würgt, daß ich dastehe, mit geöffnetem Mund und keuchend nach Luft ringe. Manchmal kann ich nichts hören, ich werde plötzlich taub für die Geräusche der Welt. Ich stampfe mit den Füßen und höre nichts. Ich schreie, und ich höre meine Schreie nicht. Auch wenn ich im Bett liege, ergreift mich manchmal die Furcht, ein großes Entsetzen vor der Stille und vor dem, was aus dieser Stille hervorkommen, auf mich zukommen und gegen meine Schläfe klopfen wird. Es ist eine große, wachsende, würgende Furcht. Ich schlage gegen die Wand und auf den Boden, um das Schweigen zu vertreiben. Ich schlage, ich singe, und ich pfeife so lange, bis ich die Furcht vertrieben habe.

Wenn ich vor meinem Spiegel sitze, lache ich über mich selbst. Ich bürste mein Haar. Hier sind zwei Augen, zwei lange Zöpfe und zwei Füße. Ich betrachte sie wie Würfel in einem Becher und überlege: Werden sie auch dann noch

them, would they still come out and be ME. I cannot tell how all these separate pieces can be ME. I do not exist. I am not a body. When I shake hands I feel that the person is so far away that he is in the other room, and that my hand is in the other room. When I blow my nose I have a fear that it might remain on the handkerchief.

Voice like a mistlethrush. The shadow of death running after each word so that they wither before she has finished uttering them.

When my brother sat in the sun and his face was shadowed on the back of the chair I kissed his shadow. I kissed his shadow and this kiss did not touch him, this kiss was lost in the air and melted with the shadow. Our love of each other is like one long shadow kissing, without hope of reality.

herausfallen und ICH sein, wenn ich sie schüttle? Ich weiß nicht, wie es möglich ist, daß alle diese separaten Teile ICH sein können. Ich existiere nicht. Ich bin kein Körper. Wenn ich jemandem die Hand gebe, habe ich das Gefühl, daß der Mensch weit weg, in einem anderen Zimmer ist, und auch meine Hand ist in einem anderen Zimmer. Wenn ich meine Nase putze, fürchte ich, sie könnte am Taschentuch hängenbleiben.

Die Stimme einer Singdrossel. Der Schatten des Todes verfolgt jedes Wort und bringt es zum Welken, bevor Jeanne es ausgesprochen hat.

Als mein Bruder in der Sonne saß und der Schatten seines Gesichts auf die Stuhllehne fiel, küßte ich seinen Schatten. Ich küßte seinen Schatten, und dieser Kuß berührte ihn nicht. Dieser Kuß verlor sich in der Luft und verschmolz mit dem Schatten. Unsere Liebe gleicht einem langen Schattenkuß und bleibt ohne Hoffnung auf Erfüllung.

She led me into the house of incest. It was the only house which was not included in the twelve houses of the zodiac. It could neither be reached by the route of the milky way, nor by the glass ship through whose transparent bottom one could follow the outline of the lost continents, nor by following the arrows pointing the direction of the wind, nor by following the voice of the mountain echoes.

The rooms were chained together by steps–no room was on a level with another–and all the steps were deeply worn. There were windows between the rooms, little spying-eyed windows, so that one might talk in the dark from room to room, without seeing the other's face. The rooms were filled with the rhythmic heaving of the sea coming from many sea-shells. The windows gave out on a static sea, where immobile fishes had been glued to painted backgrounds. Everything had been made to stand still in the house of incest, because they all had such a fear of movement and warmth, such a fear that all love and all life should flow out of reach and be lost!

Everything had been made to stand still, and everything was rotting away. The sun had been nailed in the roof of the sky and the moon beaten deep into its Oriental niche.

In the house of incest there was a room which could not be found, a room without window, the fortress of their love, a room without window where the mind and blood coalesced in a union without orgasm and rootless like those of fishes. The promiscuity of glances, of phrases, like sparks marrying in space. The collision between their resemblances, shedding the odor of tamarisk and sand, of rotted shells and dying seaweeds, their love like the ink of squids, a banquet of poisons.

Sie führte mich in das Haus des Inzests. Es war das einzige Haus, das unter den zwölf Häusern des Zodiak fehlte. Man konnte es nicht über die Milchstraße erreichen, nicht mit dem gläsernen Schiff, durch dessen Glasboden man die Umrisse versunkener Kontinente sah, nicht wenn man den Pfeilen folgte, die die Windrichtungen zeigen, und auch die Echos der Berge wiesen nicht den Weg.

Stufen ketteten die Räume aneinander – kein Zimmer lag auf einer Ebene mit dem nächsten – und die Stufen waren alle ausgetreten. Zwischen den Zimmern gab es Fenster, kleine runde Fenster, damit man sich in der Dunkelheit von Zimmer zu Zimmer unterhalten konnte, ohne das Gesicht des anderen zu sehen. Der rhythmische Atem des Meeres, der unzähligen Seemuscheln entströmte, erfüllte die Räume. Die Fenster öffneten sich auf ein totes Meer, wo unbewegliche Fische auf gemalten Hintergründen hafteten. Alles stand still im Haus des Inzests, denn jeder fürchtete Bewegung und Wärme, fürchtete, daß Liebe und Leben entgleiten und unwiederbringlich verlorengehen könnten!

Alles war zum Stillstand gebracht worden und zerfiel. Man hatte die Sonne an das Dach des Himmels genagelt und den Mond tief in seine orientalische Nische gemeißelt.

Im Haus des Inzests gab es ein Zimmer, das unauffindbar blieb, ein Raum ohne Fenster, die Festung der Liebe, ein Raum ohne Fenster, wo Geist und Blut in einer Vereinigung ohne Orgasmus, wurzellos wie Fische, verschmolzen. Sich preisgebende Blicke und Sätze vermählten sich wie Funken im Raum. Der Zusammenprall ihrer Ähnlichkeiten verströmte den Duft von Tamarisken und Sand, von verwesenden Muscheln und sterbendem Seetang. Ihre Liebe glich der Tinte der Tintenfische, einem Bankett der Gifte.

Stumbling from room to room I came into the room of paintings, and there sat Lot with his hand upon his daughter's breast while the city burned behind them, cracking open and falling into the sea. There where he sat with his daughter the Oriental rug was red and stiff, but the turmoil which shook them showed through the rocks splitting around them, through the earth yawning beneath their feet, through the trees flaming up like torches, through the sky smoking and smouldering red, all cracking with the joy and terror of their love. Joy of the father's hand upon the daughter's breast, the joy of the fear racking her. Her costume tightly pressed around her so that her breasts heave and swell under his fingers, while the city is rent by lightning, and spits under the teeth of fire, great blocks of a gaping ripped city sinking with the horror of obscenity, and falling into the sea with the hiss of the eternally damned. No cry of horror from Lot and his daughter but from the city in flames, from an unquenchable desire of father and daughter, of brother and sister, mother and son.

I looked upon a clock to find the truth. The hours were passing like ivory chess figures, striking piano notes, and the minutes raced on wires mounted like tin soldiers. Hours like tall ebony women with gongs between their legs, tolling continuously so that I could not count them. I heard the tolling of my heart-beats; I heard the footsteps of my dreams, and the beat of time was lost among them like the face of truth.

Ich taumelte von Zimmer zu Zimmer und kam in den Raum der Bilder. Dort saß Lot, die Hand auf die Brust seiner Tochter gelegt, während die Stadt hinter ihnen brannte, zerbarst und im Meer versank. Wo er mit seiner Tochter saß, hatte sich der orientalische Teppich rot gefärbt und war steif. Aber der Aufruhr, der sie erschütterte, zeigte sich am Bersten der Felsen, die sie umgaben, an der Erdspalte, die unter ihren Füßen gähnte, an den Bäumen, die wie Fackeln brannten, und am rauchenden und rotglühenden Himmel. Alles explodierte in Freude und im Schrecken ihrer Liebe: Freude über die Hand des Vaters auf der Brust der Tochter und Freude über die Furcht, die sie folterte. Das Gewand umschloß sie eng, und die Brüste hoben und wölbten sich unter seinen Händen, während die Stadt vom Blitz gespalten wurde und unter dem heißen Atem des Feuers zischte. Die Häuserreihen einer klaffenden und aufgerissenen Stadt versanken vor dem Schrecken der Unzucht, stürzten mit dem Zischen der ewig Verdammten ins Meer. Kein Schrei des Entsetzens von Lot und seiner Tochter, aber von der brennenden Stadt, von der ununterdrückbaren Begierde von Vater und Tochter, von Bruder und Schwester, von Mutter und Sohn.

Ich blickte auf eine Uhr, um die Wahrheit zu finden. Die Stunden gingen wie elfenbeinerne Schachfiguren vorüber. Sie brachten leise Töne zum Klingen, und die Minuten jagten an Drähten wie aufgereihte Zinnsoldaten vorüber. Stunden wie große Ebenholzfrauen mit Gongs zwischen den Beinen, die ununterbrochen schlugen, und ich konnte die Schläge nicht zählen. Ich hörte das Trommeln meiner Herzschläge. Ich hörte die Schritte meiner Träume, und der Schlag der Zeit verlor sich zwischen ihnen wie das Gesicht der Wahrheit.

I came upon a forest of decapitated trees, women carved out of bamboo, flesh slatted like that of slaves in joyless slavery, faces cut in two by the sculptor's knife, showing two sides forever separate, eternally twofaced, and it was I who had to shift about to behold the entire woman. Truncated undecagon figures, eleven sides, eleven angles, in veined and vulnerable woods, fragments of bodies, bodies armless and headless. The torso of a tube-rose, the knee of Achilles, tubercles and excrescences, the foot of a mummy in rotted wood, the veined docile wood carved into human contortions. The forest must weep and bend like the shoulders of men, dead figures inside of live trees. A forest animated now with intellectual faces, intellectual contortions. Trees become man and woman, two-faced, nostalgic for the shivering of leaves. Trees reclining, woods shining, and the forest trembling with rebellion so bitter I heard its wailing within its deep forest consciousness. Wailing the loss of its leaves and the failure of transmutation.

Further a forest of white plaster, white plaster eggs. Large white eggs on silver disks, an elegy to birth, each egg a promise, each half-shaped nascence of man or woman or animal not yet precise. Womb and seed and egg, the moist beginning being worshipped rather than its flowering. The eggs so white, so still, gave birth to hope without breaking, but the cut-down tree lying there produced a green live branch that laughed at the sculptor.

Ich erreichte einen Wald enthaupteter Bäume, mit Frauen, die aus Bambusrohr geschnitzt waren. Ihre gemarterten Körper erinnerten an die Leiber der Sklaven in freudloser Sklaverei. Das Messer des Schnitzers hatte ihre Gesichter zerschnitten, sie auf ewig verdammt, zwei Hälften zu zeigen, auf ewig zweigesichtig zu sein. Ich mußte sie von allen Seiten betrachten, um die ganze Frau erkennen zu können. Verstümmelte elfeckige Gestalten, elf Seiten, elf Winkel in geädertes und verletzliches Holz geschnitten. Körperfragmente, Körper ohne Arme und ohne Köpfe, der Torso einer Tuberose, das Knie des Achilles, Geschwulste und Auswüchse, der Fuß einer Mumie aus verwesendem Holz, das geäderte, gefügige Holz war in die Formen menschlicher Verzerrungen gezwungen. Der Wald mußte weinen und sich wie die Schultern der Menschen beugen – tote Gestalten im Innern lebender Bäume. Ein Wald, den jetzt intellektuelle Gesichter und intellektuelle Verdrehungen belebten. Bäume wurden zu Männern und Frauen, doppelgesichtig, sie sehnten sich nach dem Erschauern der Blätter. Die Bäume neigten sich, das Holz glänzte und der Wald bebte vor Auflehnung, die so bitter war, daß ich die Klagen vernahm, die tief aus seinem Waldbewußtsein drangen. Der Wald beklagte den Verlust seiner Blätter und das Mißlingen der Umwandlung.

Dahinter lag ein Wald aus weißem Gips, aus weißen Gipseiern. Große weiße Gipseier ruhten auf silbernen Tellern als eine Elegie auf die Geburt: jedes Ei ein Versprechen, jedes Ei ein halbgeformtes Wesen, Mann, Frau oder Tier, noch nicht festgelegt. Leib, und Samen und Ei, die Achtung galt dem feuchten Beginn und nicht dem Blühen. Eier so weiß und so still, gebaren Hoffnung, ohne zu brechen, aber der abgeschlagene Baum, der dort lag, trieb einen grünen Zweig, der den Schnitzer verspottete.

Jeanne opened all the doors and searched through all the rooms. In each room the startled guest blinked with surprise. She asked them: »Please hang up something out of your windows. Hang up a shawl, or a colored handkerchief, or a rug. I am going out into the garden. I want to see how many windows can be accounted for. I may thus find the room where my brother is hiding from me. I have lost my brother. I beg you, help me, every one of you.« She pulled shawls off the tables, she took a red curtain down, a coral bedspread, a Chinese panel, and hung them out of the windows herself.

Then she rushed out into the garden of dead trees, over the lava paths, over the micha schist, and all the minerals on her path burned, the muscovite like a bride, the pyrite, the hydrous silica, the cinnabar, the azurite like a fragment of benefic Jupiter, the malachite, all crushed together, pressed together, melted jewels, melted planets, alchemized by air and sun and time and space, mixed into mineral fixity, the fixity of the fear of death and the fear of life.

Semen dried into the silence of rock and mineral. The words we did not shout, the tears unshed, the curse we swallowed, the phrase we shortened, the love we killed, turned into magnetic iron ore, into tourmaline, into pyrate agate, blood congealed into cinnabar, blood calcinated, leadened into galena, oxidized, aluminized, sulphated, calcinated, the mineral glow of dead meteors and exhausted suns in the forest of dead trees and dead desires.

Jeanne öffnete alle Türen und suchte in allen Zimmern. In jedem Zimmer blickte der Gast überrascht bei ihrem Eintreten auf. Sie bat: »Bitte hängen Sie etwas aus Ihrem Fenster, einen Schal, ein farbiges Taschentuch oder einen Teppich. Ich werde in den Garten gehen und feststellen, in welchem Zimmer ich nicht gewesen bin. Vielleicht kann ich so das Zimmer finden, in dem sich mein Bruder vor mir versteckt. Ich habe meinen Bruder verloren. Ich bitte Sie, helfen Sie mir alle.« Sie nahm Decken von den Tischen, sie zog einen roten Vorhang herab, eine korallenfarbene Bettdecke, einen chinesischen Wandteppich und hängte sie selbst aus den Fenstern.

Dann eilte sie in den Garten der toten Bäume auf Lavapfaden, über den Glimmerschiefer, und alle Minerale auf ihrem Weg begannen zu glühen: der Muskowit wie eine Braut, der Pyrit, der wasserhaltige Quarz, der Zinnober, der Azurit wie ein Zeichen des wohltätigen Jupiter, der Malachit – alle zerstoßen und zusammengepreßt, geschmolzene Juwelen, geschmolzene Planeten, durch Luft und Sonne und Zeit und Raum zu Mineralen erstarrt, in die Starrheit der Furcht vor dem Tod und der Furcht vor dem Leben.

Samen trocknete in das Schweigen von Felsen und Mineralen. Die Worte, die wir nicht riefen, die Tränen, die wir nicht weinten, der Fluch, den wir hinunterschluckten, der Satz, den wir kürzten, und die Liebe, die wir töteten, verwandelten sich in magnetisches Eisenerz, in Turmaline, Pyrite und Achate. Blut erstarrte zu Zinnober, Blut kalzinierte, verwandelte sich in bleiernes Galanit, oxydierte, galvanisierte, wurde geschwefelt und verkalkt. Alles erstarrte im mineralischen Glühen toter Meteore und ausgebrannter Sonnen im Walde toter Bäume und toter Begierden.

Standing on a hill of orthoclase, with topaz and argentite stains on her hands, she looked up at the facade of the house of incest, the rusty ore facade of the house of incest, and there was one window with the blind shut tight and rusty, one window without light like a dead eye, choked by the hairy long arm of old ivy.

She trembled with the desire not to shriek, an effort so immense that she stood still, her blood unseen for the golden pallor of her face.

She struggled with her death coming: I do not love anyone; I love no one, not even my brother. I love nothing but this absence of pain, this cold neutral absence of pain.

Standing still for many years, between the moment she had lost her brother and the moment she had looked at the facade of the house of incest, moving in endless circles round the corners of the dreams, never reaching the end of her voyage, she apprehended all wonder through the rock-agedness of her pain, by dying.

And she found her brother asleep among the paintings.

Jeanne, I fell asleep among the paintings, where I could sit for many days worshipping your portrait. I fell in love with your portrait, Jeanne, because it will never change. I have such a fear of seeing you grow old, Jeanne; I fell in love with an unchanging you that will never be taken away from me. I was wishing you would die, so that no one could take you away from me, and I would love the painting of you as you would look eternally.

Sie stand auf einem Hügel aus Orthoklas, mit Flecken aus Topaz und Silberstein an ihren Händen, und blickte auf das Haus des Inzests, auf seine rostrote, goldene Fassade, und entdeckte ein Fenster mit geschlossenen und rostigen Läden, ein Fenster ohne Licht, wie ein totes Auge, das vom haarigen, langen Arm uralten Efeus gewürgt wurde.

Sie zitterte im Bemühen, nicht laut aufzuschreien, die Anstrengung war so groß, daß sie stillstand, und unter der goldenen Blässe ihres Gesichts war das Blut nicht mehr zu sehen.

Sie kämpfte mit ihrem herannahenden Tod: Ich liebe niemanden. Ich liebe keinen, selbst meinen Bruder nicht. Ich liebe nichts als dieses Ausbleiben des Schmerzes, diese kalte, neutrale Schmerzlosigkeit.

Viele Jahre stand sie bewegungslos, verharrte zwischen dem Augenblick, in dem sie ihren Bruder verloren, und dem Augenblick, als sie das Haus des Inzests erblickt hatte, unaufhörlich um die Ränder ihres Traums kreisend, nie das Ende ihrer Reise erreichend, und sie erfaßte alles Wunderbare durch das Stein-Alter ihres Schmerzes, durch den Tod.

Sie fand ihren Bruder schlafend zwischen den Gemälden.

Jeanne, ich schlief inmitten der Bilder ein, wo ich tagelang sitzen und dein Porträt anbeten konnte. Jeanne, ich verliebte mich in dein Porträt, weil es sich niemals verändern wird. Ich habe solche Furcht, dich altern zu sehen, Jeanne. Ich habe mich in dein unwandelbares Du verliebt, das mir nie entrissen werden kann. Ich wünschte in dem Augenblick, du würdest sterben, damit niemand dich mir wegnehmen könnte, und ich würde das Bild von dir lieben, so wie du darin ewig leben wirst.

They bowed to one part of themselves only–their likeness.

Good night, my brother!

Good night, Jeanne!

With her walked distended shadows, stigmatized by fear. They carried their compact like a jewel on their breast; they wore it proudly like their coat of arms.

Sie verneigten sich nur vor einem Teil ihres Wesens – ihrer Ähnlichkeit.

Gute Nacht, mein Bruder!

Gute Nacht, Jeanne!

Große Schatten, gezeichnet von Furcht, begleiteten sie. Sie trugen ihren Pakt wie ein Juwel auf ihrer Brust. Sie trugen ihn stolz wie ihr Wappen.

I walked into my own book, seeking peace.

It was night, and I made a careless movement inside the dream; I turned too brusquely the corner and I bruised myself against my madness. It was this seeing too much, this seeing of a tragedy in the quiver of an eyelid, constructing a crime in the next room, the men and women who had loved before me on the same hotel bed.

I carry white sponges of knowledge on strings of nerves.

As I move within my book I am cut by pointed glass and broken bottles in which there is still the odor of sperm and perfume.

More pages added to the book but pages like a prisoner's walking back and forth over the space allotted him. What is it allotted me to say? Only the truth disguised in a fairytale, and this is the fairytale behind which all the truths are staring as behind grilled mosque windows. With veils. The moment I step into the cavern of my lies I drop into darkness, and see a mask which stares at me like the glance of a cross-eyed man; yet I am wrapped in lies which do not penetrate my soul, as if the lies I tell were like costumes.

LIES CREATE SOLITUDE

I walked out of my book into the paralytic's room.

Ich betrat mein Buch, um Ruhe zu finden.

Es war Nacht, und im Traum machte ich eine unvorsichtige Bewegung. Ich ging zu rasch um die Ecke und stieß gegen meinen Wahnsinn, den Wahnsinn des Zuviel-Sehens: ich sah eine Tragödie am Zittern eines Augenlids, die Vorbereitung eines Verbrechens im Nebenzimmer, die Männer und Frauen, die sich vor mir auf diesem Hotelbett geliebt hatten.

An Nervenfäden trage ich weiße Schwämme des Wissens.

Während ich mich in meinem Buch bewege, schneide ich mich an spitzem Glas und an zerbrochenen Flaschen, die noch immer den Geruch von Sperma und Parfum verströmen.

Ich habe dem Buch weitere Seiten hinzugefügt, aber es sind Seiten, die dem Auf- und Abgehen eines Gefangenen in seiner Zelle gleichen. Was darf ich sagen? Nur die Wahrheit, aber in ein Märchen verkleidet. Und dies ist das Märchen, hinter dem alle Wahrheiten hervorblicken wie hinter den vergitterten Fenstern einer Moschee: verschleiert. Wenn ich die Höhle meiner Lügen betrete, falle ich in Dunkelheit, und ich sehe eine Maske, die mich mit schielenden Augen anstarrt. Aber ich bin in Lügen gehüllt, die meine Seele nicht durchdringen, als seien meine Lügen nur Verkleidungen.

Lügen erschaffen Einsamkeit

Ich trat aus meinem Buch in das Zimmer des Gelähmten.

He sat there among many objects under glass as in a museum. He had collected a box of paint which he never painted with, a thousand books with pages uncut, and they were covered with dust. His Spanish cape hung on the shoulders of a mannequin, his guitar lay with strings snapped like long disordered hair. He sat before a note book of blank pages, saying: I swallow my own words. I chew and chew everything until it deteriorates. Every thought or impulse I have is chewed into nothingness. I want to capture all my thoughts at once, but they run in all directions. If I could do this I would be capturing the nimblest of minds, like a shoal of minnows. I would reveal innocence and duplicity, generosity and calculation, fear and cowardice and courage. I want to tell the whole truth, but I cannot tell the whole truth because I would have to write four pages at once, like four long columns simultaneously, four pages to the present one, and so I do not write at all. I would have to write backwards, retrace my steps constantly to catch the echoes and the overtones.

His skin was transparent like that of a newborn child, and his eyes green like moss. He bowed to Sabina, to Jeanne, and to me: meet the modern Christ, who is crucified by his own nerves, for all our neurotic sins!

The modern Christ was wiping the perspiration which dripped over his face, as if he were sitting there in the agony of a secret torture. Pain-carved features. Eyes too open, as if dilated by scenes of horror. Heavy-lidded, with a world-heavy fatigue. Sitting on his chair as if there were ghosts

Er saß zwischen vielen Dingen, die wie in einem Museum unter Glas standen. Er hatte eine Schachtel Farben gesammelt, mit denen er nie malte, und tausend Bücher, deren Seiten er nie aufgeschnitten hatte; sie waren alle staubbedeckt. Sein spanisches Cape hing über den Schultern einer Kleiderpuppe. Die Saiten seiner Gitarre hingen zerrissen herab wie langes, unordentliches Haar. Er saß vor einem Notizbuch mit leeren Seiten und sagte: Ich verschlinge meine eigenen Worte. Ich kaue und kaue alles, bis es verdirbt. Ich habe jeden Gedanken und jeden Impuls zu Nichts zerkaut. Ich will meine Gedanken gleichzeitig erfassen, aber sie laufen in alle Richtungen davon. Wenn es mir gelänge, hätte ich den beweglichsten Geist gefangen, der einem Schwarm Elritzen gleicht. Ich könnte Unschuld und Falschheit enthüllen, Großzügigkeit und Berechnung, Furcht, Feigheit und Mut. Ich möchte die ganze Wahrheit sagen, aber ich kann die ganze Wahrheit nicht sagen, denn dazu müßte ich vier Seiten gleichzeitig schreiben wie vier gleichlaufende lange Spalten, vier Seiten neben der einen, die ich jetzt schreibe. Und so schreibe ich überhaupt nicht. Ich müßte rückwärts schreiben, unablässig meine Schritte zurückverfolgen, um Echos und Obertöne einzufangen.

Seine Haut war transparent wie die Haut eines Neugeborenen, und seine Augen waren grün wie Moos. Er verbeugte sich vor Sabina, vor Jeanne und vor mir. Seht hier den modernen Christus, der für alle unsere neurotischen Sünden von seinen eigenen Nerven gekreuzigt wird!

Der moderne Christus wischte sich den Schweiß ab, der über sein Gesicht rann, als säße er hier in der Agonie einer geheimen Folter. Seine Züge waren von Schmerz gezeichnet und die Augen zu weit geöffnet, als hätten sie Szenen des Schreckens erblickt. Schwere Augenlider überschatteten sie, müde geworden unter der Last der Welt. Er saß auf seinem Stuhl, als stünden Geister neben ihm. Sein Lächeln glich

standing beside him. A smile like an insult. Lips edged and withered by the black scum of drugs. A body taut like wire.

In our writings we are brothers, I said. The speed of our vertigoes is the same. We arrived at the same place at the same moment, which is not so with other people's thoughts. The language of nerves which we both use makes us brothers in writing.

The modern Christ said: I was born without a skin. I dreamed once that I stood naked in a garden and that it was carefully and neatly peeled, like a fruit. Not an inch of skin left on my body. It was all gently pulled off, all of it, and then I was told to walk, to live, to run. I walked slowly at first, and the garden was very soft, and I felt the softness of the garden so acutely, not on the surface of my body, but all through it, the soft warm air and the perfumes penetrated me like needles through every open bleeding pore. All the pores open and breathing the softness, the warmth, and the smells. The whole body invaded, penetrated, responding, every tiny cell and pore active and breathing and trembling and enjoying. I shrieked with pain. I ran. And as I ran the wind lashed me, and then the voices of people like whips on me. Being touched! Do you know what it is to be touched by a human being!

He wiped his face with his handkerchief.

The paralytic sat still in the corner of the room.

einer Beschimpfung. Der schwarze Schaum der Droge zeichnete die Lippen und ließ sie welken. Sein Körper spannte sich wie ein Seil.

In unserem Schreiben sind wir Brüder, sagte ich. Die Geschwindigkeit unserer schwindelnden Ängste ist dieselbe. Wir erreichen im selben Moment denselben Platz. Das gelingt den Gedanken anderer Menschen nicht. Die Sprache der Nerven, der wir uns beide bedienen, macht uns zu Brüdern im Schreiben.

Der moderne Christus sagte: Ich wurde ohne Haut geboren. Im Traum stand ich einst nackt in einem Garten, und die Haut war sorgsam und sauber abgeschält worden wie die Haut einer Frucht. Kein Zentimeter Haut war auf meinem Körper geblieben. Die ganze Haut war vorsichtig abgezogen worden, und dann wurde ich aufgefordert zu gehen, zu leben und zu laufen. Anfangs ging ich langsam, und der Garten war sehr weich. Ich empfand die Sanftheit des Gartens überdeutlich, nicht an der Oberfläche meines Körpers, sondern durch und durch. Die weiche, warme Luft und die Düfte drangen wie Nadeln durch jede offene, blutende Pore in mich ein. Alle Poren waren geöffnet und atmeten die Sanftheit, die Wärme und die Gerüche. Der ganze Körper war durchdrungen, überflutet und aufnahmebereit. Jede winzige Zelle, jede Pore arbeitete, atmete, zitterte und genoß. Ich schrie vor Schmerz. Ich rannte. Und während ich rannte, peitschte mich der Wind. Dann fielen die Stimmen der Menschen wie Peitschen über mich her. Berührt werden! Weißt du, was es bedeutet, von einem Menschen berührt zu werden?

Er wischte sich sein Gesicht mit dem Taschentuch.

Der Gelähmte saß still in der Ecke des Zimmers.

You are fortunate, he said, you are fortunate to feel so much; I wish I could feel all that. You are at least alive to pain, whereas I . . .

Then he turned his face away, and just before he turned away I saw the veins on his forehead swelling, swelling with the effort he made, the inner effort which neither his tongue nor his body, nor his thoughts would obey.

If only we could all escape from this house of incest, where we only love ourselves in the other, if only I could save you all from yourselves, said the modern Christ.

But none of us could bear to pass through the tunnel which led from the house into the world on the other side of the walls, where there were leaves on the trees, where water ran beside the paths, where there was daylight and joy. We could not believe that the tunnel would open on daylight: we feared to be trapped into darkness again; we feared to return whence we had come, from darkness and night. The tunnel would narrow and taper down as we walked; it would close around us, and close tighter and tighter around us and stifle us. It would grow heavy and narrow and suffocate us as we walked.

Yet we knew that beyond the house of incest there was daylight, and none of us could walk towards it.

Du bist glücklich, sagte er, du bist glücklich, so viel zu empfinden. Ich wünschte, ich könnte dies alles empfinden. Du bist zumindest für den Schmerz empfänglich, ich dagegen ...

Er wendete sein Gesicht ab, und kurz bevor er sich abwendete, sah ich die Adern auf seiner Stirn schwellen. Sie schwollen unter der Anstrengung, unter der inneren Anstrengung, der weder seine Zunge noch sein Körper noch seine Gedanken gehorchten.

Könnten wir doch alle dem Haus des Inzests entfliehen, in dem wir im anderen nur uns selbst lieben. Wenn ich euch nur alle vor euch selbst retten könnte, sagte der moderne Christus.

Aber keiner von uns konnte es ertragen, den Tunnel zu durchschreiten, der von dem Haus in die Welt hinausführte, auf die andere Seite der Mauer, wo es Blätter an den Bäumen gab, wo Wasser neben Wegen floß, wo Tageslicht und Freude herrschten. Wir konnten nicht glauben, daß der Tunnel ins Tageslicht führte: Wir fürchteten, von neuem in Dunkelheit gefangen zu werden; wir fürchteten die Rückkehr zu dem Platz, von dem wir kamen, in Dunkelheit und Nacht. Der Tunnel würde sich verengen und beim Weitergehen enden. Er würde uns umschließen, uns enger und enger umfangen und uns am Ende ersticken. Beim Weitergehen würde der Tunnel schwer und eng werden und uns erwürgen.

Wir wußten, daß hinter dem Haus des Inzests Tageslicht herrschte, und doch konnte keiner von uns dem Licht entgegengehen.

We all looked now at the dancer who stood at the center of the room dancing the dance of the woman without arms. She danced as if she were deaf and could not follow the rhythm of the music. She danced as if she could not hear the sound of her castanets. Her dancing was isolated and separated from music and from us and from the room and from life. The castanets sounded like the steps of a ghost.

She danced, laughing and sighing and breathing all for herself. She danced her fears, stopping in the center of every dance to listen to reproaches that we could not hear, or bowing to applause that we did not make. She was listening to a music we could not hear, moved by hallucinations we could not see.

My arms were taken away from me, she sang. I was punished for clinging. I clung. I clutched all those I loved; I clutched at the lovely moments of life; my hands closed upon every full hour. My arms were always tight and craving to embrace. I wanted to embrace and hold the light, the wind, the sun, the night, the whole world. I wanted to caress, to heal, to rock, to lull, to surround, to encompass. And I strained and I held so much that they broke; they broke away from me. Everything eluded me then. I was condemned not to hold.

Trembling and shaking she stood looking at her arms now stretched before her again.

Wir alle schauten nun auf die Tänzerin, die in der Mitte des Raumes stand und den Tanz der Frau ohne Arme tanzte. Sie tanzte, als sei sie taub und könne dem Rhythmus der Musik nicht folgen. Sie tanzte, als könne sie den Klang ihrer Kastagnetten nicht hören. Ihr Tanzen war von Musik, von uns, vom Zimmer und vom Leben entfernt und getrennt. Die Kastagnetten klangen wie die Schritte eines Gespensts.

Sie tanzte, sie lachte, sie seufzte und atmete nur für sich allein. Sie tanzte ihre Ängste, sie brach jeden Tanz auf dem Höhepunkt ab, um einer Kritik zu lauschen, die wir nicht hören konnten, um sich zum Applaus zu verbeugen, der nicht von uns kam. Sie lauschte einer Musik, die wir nicht hören, sie wurde von Halluzinationen bewegt, die wir nicht sehen konnten.

Man hat mir meine Arme genommen, sang sie. Weil ich mich festhielt, deshalb wurde ich bestraft. Ich hielt mich fest. Ich hielt alle krankhaft fest, die ich liebte. Ich hielt mich an den schönen Augenblicken des Lebens fest, meine Hände schlossen sich über jede volle Stunde. Meine Arme waren stets bereit und entschlossen zu umarmen. Ich wollte den Wind, die Sonne, die Nacht, die ganze Welt umarmen und festhalten. Ich wollte liebkosen, heilen, schaukeln, wiegen, einhüllen und umfassen. Ich kämpfte darum und hielt so fest, daß sie zerbrachen. Sie fielen von mir ab. Damals entglitt mir alles. Ich war dazu verurteilt, nicht mehr festhalten zu können.

Zitternd und bebend blickte sie auf ihre Arme, die sie wieder ausgestreckt hatte.

She looked at her hands tightly closed and opened them slowly, opened them completely like Christ; she opened them in a gesture of abandon and giving; she relinquished and forgave, opening her arms and her hands, permitting all things to flow away and beyond her.

I could not bear the passing of things. All flowing, all passing, all movement choked me with anguish.

And she danced; she danced with the music and with the rhythm of earth's circles; she turned with the earth turning, like a disk, turning all faces to light and to darkness evenly, dancing towards daylight.

Sie blickte auf ihre geschlossenen Hände und öffnete sie langsam. Sie öffnete sie, wie Christus sie geöffnet hatte. Sie öffnete sie in einer Geste der Preisgabe und des Gebens. Sie ließ los und vergab, sie öffnete ihre Arme und ihre Hände, und sie erlaubte allen Dingen, ins Unerreichbare davonzufließen.

Ich konnte das Entschwinden der Dinge nicht ertragen. Alles Fließen, alles Entschwinden, jede Bewegung löste erstikkende Angst in mir aus.

Und sie tanzte. Sie tanzte mit der Musik und mit dem Rhythmus der kreisenden Erde. Sie drehte sich mit der Drehung der Erde, wie eine Scheibe, und sie wendete alle Gesichter gleichmäßig dem Licht und der Dunkelheit zu, und sie tanzte dem Tageslicht entgegen.

»Ich habe die ersten zwei Seiten meines neuen Buches geschrieben, ›Haus des Inzests‹, in einem surrealistischen Stil«, notierte Anaïs Nin im April 1932 in ihr ›Tagebuch‹, »unter dem Einfluß von (der Zeitschrift) ›transition‹, Breton und Rimbaud. Sie helfen meiner Einbildungskraft, sich frei zu entfalten.« Bis zum Juli 1932 hatte sie dreißig Seiten vollendet, »dreißig Seiten poetischer Prosa, geschrieben in einem vollkommen phantastischen Stil – ein lyrischer Ausbruch«.

Dieser kreative »Ausbruch« ereignete sich zu einer Zeit, als ihr Privatleben äußerst turbulent verlief. Mehr als zehn Jahre lang hatte sie sich mit verschiedenen, fehlgeschlagenen Romanprojekten abgemüht und gerade ihre Studie über D. H. Lawrence, eine Würdigung und Verteidigung des englischen Schriftstellers, abgeschlossen. Sie stand im Begriff, aus den engen Grenzen ihres »wohlbehüteten« Lebens in Louveciennes auszubrechen. Der damals unbekannte Schriftsteller Henry Miller und dessen Frau June beanspruchten einen großen Teil ihrer Aufmerksamkeit und ihres Interesses, Antonin Artaud, jenes labile Genie, beschäftigte sie stark, und sie hatte sich auf ihren ersten, heftigen Kampf mit der Psychoanalyse eingelassen, mit Dr. René Allendy und – bald darauf – Dr. Otto Rank.

Als sie Henry Miller diese ersten »surrealistischen« Seiten zeigte, schien dieser verwirrt zu sein und bat sie, ihre »Abstraktionen« zu erläutern. Ihrer eigenen Erinnerung zufolge erwiderte sie ihm: »Ich sehe den Symbolismus unseres Lebens. Ich lebe auf zwei Ebenen, der menschlichen und der poetischen. Ich sehe die Parabeln, die Allegorien.« Während Henry Miller bei seinen ein ganzes Leben lang dauernden Bemühungen, sich mit der unergründlichen Persönlichkeit seiner Frau June, der »Mara« und »Mona« seiner späteren Werke, auseinanderzusetzen, während also Henry Miller

nach Auffassung von Anaïs Nin »Realismus gibt«, präsentierte Anaïs Nin – in der Figur der »Sabina« oder, wie sie anfänglich hieß, »Alraune« – ihre multidimensionale Wahrnehmung Junes als Erweiterung, als fehlenden Aspekt, als eine Art Doppelgänger ihres eigenen Ichs. »Ich erhebe mich in die Stratosphäre und überblicke Junes Mythologie. Ich will die Obertöne notieren. Für meine visionäre Vorstellung von ihrem (Junes) unbewußten Ich sind Fakten nutzlos. Ich gebe eine Essenz. Nicht Brokat, sondern die volle Bedeutung.« Und in der Tat hat Anaïs Nin dieses schmale Bändchen ihre »Zeit in der Hölle« genannt. Als poetisches, lyrisches Destillat einiger jener Dinge, die sie bereits auf ihre damals noch geheimen Tagebuchblätter geschrieben hatte, war es für sie ein schmerzliches »Säurebad«.

Die veröffentlichten Teile ihres ›Tagebuchs‹ aus den frühen 30er Jahren geben viele Hinweise auf die inspiratorischen Quellen von ›Haus des Inzests‹, nicht nur was die Charaktere und Situationen, sondern auch was die angewandten Schreibtechniken betrifft. Es gibt langatmige Diskussionen mit Henry Miller über die Verwendung von Träumen beim Schreiben, über die Kondensation und das Ineinanderschieben von Bildern, so wie in einigen der Traumszenen in dem Film von Luis Buñuel und Salvadore Dali, ›Un Chien Andalou‹, jenem surrealistischen Klassiker aus dem Jahre 1928, in dem »nichts angesprochen oder verbalisiert wird«. Mit Henry Miller analysiert sie »das Gefühl, wenn man im Traum eine lange und wundervolle Rede gehalten hat, und doch bleiben nur einige wenige Sätze im Bewußtsein. Es ist wie der Zustand, der von Drogenabhängigen beschrieben wird. Sie bilden sich ein, absolut eloquent zu sein und sagen sehr wenig. Es ist wie der Schöpfungsprozeß, wenn wir den ganzen Tag ein aufgewühltes Meer von Ideen in uns herumtragen, und dann, wenn wir nach Hause kommen, kann alles auf einer einzigen Seite festgehalten werden.« Oder wir stellen fest, daß sie nach der Lektüre von ›Le Jardin des Supplices‹, jenem berüchtigten Buch des de-

Sade-Nachfolgers Octave Mirabeau (1898) im ›Haus des Inzests‹ »die Entsprechungen zur körperlichen Folter in der seelischen Welt, im psychologischen Bereich« beschreiben will, um »das sehr reale Leiden« einiger ihrer Freunde und Freundinnen, wie z.B. June Miller, Antonin Artaud und »Jeanne«, die eine Abstraktion der wirklichen Louise de Vilmorin ist, darzustellen. »Physische Qualen sind banal und gewöhnlich«, schreibt sie. »Jede dieser physischen Qualen, auf eine psychologische Ebene gehoben, wäre eine Novität.« Demzufolge unternimmt sie in ihren Manuskripten den Versuch, die Entsprechung, die Analogie zu finden. »Nehmen Sie z.B. das Abziehen der Haut. Das könnte zu einem Symbol für Hypersensitivität werden. Der Tod, der durch die Lautstärke der Kirchenglocken verursacht wird, könnte der Klang von Halluzinationen sein.« Auf diese Weise »wurde die Übertragung des Physischen auf das Psychologische zum Thema von ›Haus des Inzests‹ und half dabei, die Beschreibung von Ängsten aufeinander abzustimmen«.

Passagen aus der mittlerweile berühmten Beschreibung der Vater-Tochter-Beziehung im ›Tagebuch‹, die später Bestandteile von ›Winter of Artifice‹ wurden, hatte sie zuerst in das Manuskript auf-, dann aber wieder herausgenommen (obwohl in späteren Jahren die Spekulationen über den »Inzest« in dem Buch nie aufhörten), und andere »Träume und Stimmungen« aus dem ›Tagebuch‹ in den Text eingegliedert – eine Methode, die allen ihren späteren »Fiktionen« zugrunde liegt. In der Tat ist es nicht besonders schwierig, einige in neue und komplexe psychologische Realität umgesetzte »wirkliche« Personen und Begebenheiten aus ihren Tagebuchblättern in der »surrealistischen« Montage dieses Prosagedichts aufzuspüren: das Aufeinanderprallen von June/Alraune/Sabina; »Jeanne«, die im Rahmen einer »Kinderehe« an ihren Bruder gebunden ist, einer Ehe, die den Ehemann transzendiert und sich in einem die Sinne verwirrenden gesellschaftlichen Strudel verbirgt; Artaud, vor dem

Bild ›Lot und seine Tochter‹ im Louvre; oder der Peruaner Helba, der in dem Theater in der Rue de la Gaieté den Tanz einer Frau ohne Arme tanzt.

Im Herbst 1934 nahm Anaïs Nin das Manuskript von ›Haus des Inzests‹ mit nach New York (wo Otto Rank anscheinend eine »Einleitung« zu dem Buch schrieb, die lange verschollen war und in den frühen 70er Jahren wiederentdeckt wurde). Im Sommer 1935 entstanden Pläne, das Buch im Zuge eines Eigendruck-Projektes in der Reihe »18 Villa Seurat« (= Henry Millers Pariser Atelier) unter dem Impressum »Siana (= Anaïs, rückwärts gelesen) Press« zu veröffentlichen. Dann endlich, im Mai 1936, wurden, wie sie im ›Tagebuch‹ vermerkt, die »ersten riesigen Pakete aus der Druckerei« an ihrer Pariser Wohnung abgeliefert. Diese enthielten 249 Exemplare des 94 Seiten starken Buches, gedruckt in der »St. Catherine Press« in Bruges, Belgien; sie sollten von der Autorin signiert und handnumeriert werden.

Der junge Lawrence Durrell, der ihr aus Korfu schrieb, fand, das Buch sei »voller Anmut und Frische und zerfließe zu unvermutet geschmeidigen Formen und Farben.« Den aufschlußreichsten Hinweis zum Verständnis von Anaïs Nins lyrischem Ausbruch gab aber Stuart Gilbert in einem »Vorwort«, das allerdings nie in das Buch aufgenommen wurde: »Der Titel des Buches, ›Haus des Inzests‹, macht deutlich, daß es sich hierbei um die Erforschung einer unbekannten Welt handelt. Ihrer (Anaïs Nins) Auffassung nach, erschafft sich in der Welt der Leidenschaft jeder Liebende das Wesen, das er liebt; der Geliebte ist eine Schöpfung oder eine Projektion des Liebenden, ein aus der Vorstellungskraft geborenes Phantom; er liebt etwas, das Teil seiner selbst ist, er identifiziert sich mit dem Geliebten, und deshalb ist diese Liebe eines imaginären Abbilds eine inzestuöse Handlung. Dergleichen ist, soweit ich das beurteilen kann, noch nie geschrieben worden. Um die Liebe zu durchschauen, muß

man sich im innersten Zentrum des Lebens und der Ekstase an sich befinden, man muß ein Poet sein.«

Anaïs Nin hatte gelegentlich das Gefühl gehabt, »daß ich meine Phantasie so auf die Spitze getrieben hatte, daß sie anderen nicht mehr mitteilbar war«. Aber 1939 sah sie sich imstande, zu schreiben: »ich erkenne (die) metaphysische Authentizität. Ein Buch wie ›Haus des Inzests‹, und all die Phantasien, die mir keine Sympathien einbringen werden, enthalten, in gänzlich unverfälschter Form, die Essenz dessen, was ich meine.« Indem sie sich anfänglich gegen die gefühlskalten, beschneidenden und verengenden Erfordernisse der Analyse auflehnte (»Ich glaube, es ist die Dichterin in mir, die sich selbst bejaht und bestätigt, weil sie sich gegen die Psychoanalyse wehrt«), indem sie sich gegen die »realistische« Darstellung der Welt wie im Werk von Henry Miller auflehnte und gegen die vorherrschenden Naturalisten und Tatsachenberichterstatter, stellte sie ihr, wie sie es nannte, eigenes »Schreibgesetz« auf: »formulieren, ohne durch die Vernunft zu zerstören, ohne etwas zu verfälschen, ohne zu töten, ohne abzusterben«. Und obwohl sich dieser spezifische »surrealistische« Stil des ›Haus des Inzests‹ in ihrem späteren Werk nie mehr wiederholte, wurde dieser Ausbruch doch die Grundlage ihrer zukünftigen »Fiktionen«, ihrer Methode und Philosophie. Mit wahrhaft prophetischer Vorausschau schrieb sie 1932 auf die erste Seite von ›Haus des Inzests‹:

»Alles, was ich weiß, ist in diesem Buch enthalten.«

Becket, Massachusetts, im Juli 1984
Gunther Stuhlmann

Frauenleben: Tagebücher, Berichte, Autobiographien

Der gesellschaftliche Glanz des Großbürgertums, die Boheme der zwanziger Jahre und die Zeit der Emigration
dtv 401

Ein hemmungsloses Ich-Buch, widersprüchlich, enthusiastisch und deprimiert, furios und zärtlich
dtv 1401

Ironisch-heitere Skizzen aus der ländlichen Idylle des Chiemgaus
dtv 1665

Die Jahre 1931–1934.
Eine junge Frau auf der leidenschaftlichen Suche nach sich selbst
dtv 759

Die Jahre 1934–1939.
»Ein eindrucksvolles Bekenntnis«
(Henry Miller)
dtv 858

Die Jahre 1939–1944.
Anaïs Nin in New York
dtv 981

Spion im Haus der Liebe

Barbara Bronnen:
Mein erotisches
Lesebuch
dtv 10155

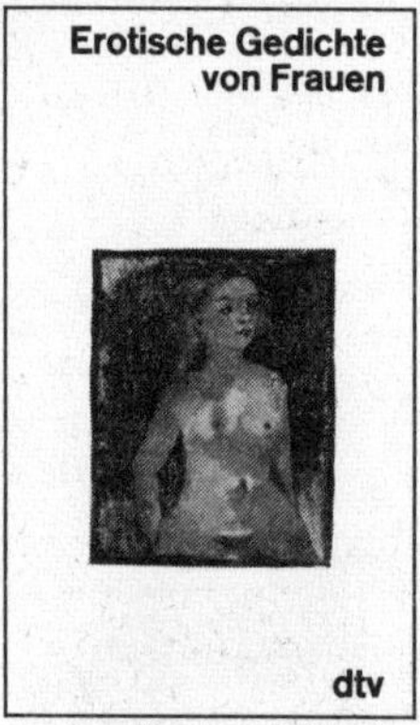

Aldona Gustas (Hrsg.):
Erotische Gedichte von
Frauen
dtv 10448

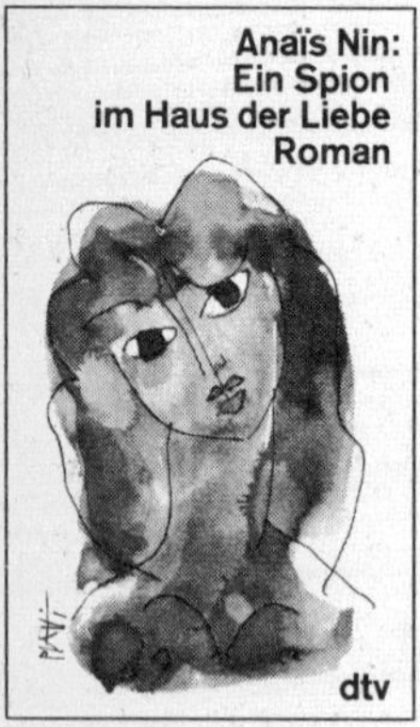

Anaïs Nin:
Ein Spion im Haus
der Liebe
dtv 10174

Joyce Carol Oates:
Jene
dtv 1747

Aldona Gustas (Hrsg.):
Erotische Gedichte von
Männern
dtv 10714

Anaïs Nin:
Die Tagebücher
der Anaïs Nin 1–4
dtv 759, 858, 981,
10569

Joyce Carol Oates:
Grenzüberschreitungen
dtv 1643
Lieben, verlieren, lieben
dtv 10032
Ein Garten
irdischer Freuden
dtv 10394
Bellefleur
dtv 10473
Im Dickicht der
Kindheit
dtv 10626

Edna O'Brien:
Das Liebesobjekt
dtv 10086

Jutta Schutting:
Liebesgedichte
dtv 6346

Monika Sperr:
Die Freundin
dtv 10062

dtv

Doris Lessing

»Es gibt bei Doris Lessing keine Verschontheit, keine Unbetroffenheit; jeder ist dem geschichtlichen Augenblick unterworfen, ganz gleich, wo er sich befindet.«
(Siegfried Lenz)

Doris Lessing:
Vergnügen
Erzählungen

dtv/Klett-Cotta

»In diesen Erzählungen geht es meist um Leute, die sich etwas Bestimmtes ›in den Kopf gesetzt‹ haben und die sich ihre Individualität erhalten wollen. Das endet oft nicht gut, denn Doris Lessing zeigt auch, daß es längst nicht mehr darum geht, sich selber zu finden, sondern möglichst die anderen...«
(Die Zeit)
dtv 10327

Doris Lessing:
Martha Quest
Roman

dtv/Klett-Cotta

Kurz vor dem Ausbruch des Zweiten Weltkrieges entflieht die junge Martha Quest dem engen Leben auf einer Farm in der britischen Kolonie Südrhodesien und geht in die Stadt, um sich zu befreien und das zu finden, was der Sinn ihres Lebens sein könnte.
dtv 10446

Doris Lessing:
Wie ich endlich mein Herz verlor
Erzählungen

dtv/Klett-Cotta

Ob es um einen notorischen Verführer geht, der erkennen muß, daß die bewährten Eroberungsmechanismen keinen Anklang mehr finden, oder um eine Frau, die nach dem Verlust ihres Herzens mit erstaunlicher Leichtigkeit weiterlebt – diese elf Erzählungen sind charakteristisch für die psychologische Präzision und den kritischen Humor Doris Lessings.
dtv 10504